La orden del alfa

Renee Rose

Lee Savino

Traducido por
Vanesa Venditti

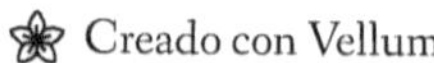 Creado con Vellum

Libro Gratis - La virgin y el vampiro

Quiere un libro gratis de Renee Rose y Lee Savino? Suscríbete a su newsletter para recibir **La virgin y el vampiro** y otro contenido especialmente bonificado y noticias de nuevos. https://BookHip.com/XJPQQXK

Libro Gratis de Renee Rose

Quiere un libro gratis de Renee Rose? Suscríbete a mi newsletter para recibir **Padre de la mafia** y otro contenido especialmente bonificado y noticias de nuevos. https://BookHip.com/NCVKLK

Capítulo Uno

Channing

Camino en cuatro patas entre los pinos y me acerco a la casa. Es pequeña en dos niveles, alejada del camino y rodeada por árboles. La propiedad está al final de una calle cerrada y el patio sale al Parque Nacional Cococino. Mucha naturaleza, bastante lugar para correr. Mi lobo está de acuerdo.

Eso pensó mi hermano cuando la compró hace catorce años y se estableció con su pareja recién embarazada. Cuando la vida era buena y el futuro brillante.

Luego murió y todo cambió.

Casi todo. La casa todavía luce parecida. Ella la ha cuidado bien. La pintura se ha desgastado y necesita un nuevo techo, pero por lo demás, está congelada en el tiempo.

Los aromas son los mismos: enebro, panalillo, pino.

El viento sopla fuerte y siento otro aroma, uno que intento no notar. Llega a mis sentidos, un perfume delicioso que hace que mis colmillos se afilen y se me haga agua la boca.

Malva y lavanda.

Mi kryptonita.

Mi lobo quiere correr los quince metros que nos separan desde la casa para encontrar la fuente del perfume y disfrutarlo.

En vez de eso, corro y troto con patas silenciosas pasando la casa, subiendo la colina en donde un pino Ponderosa se eleva hasta el cielo. Sigo recordando el día en que subimos la colina. Admiraba la vista del Monte Elden, pero mi hermano sólo tenía ojos para su hogar. Para su esposa humana y su hijo pequeño jugando en el patio.

Prométeme, me exigió mi hermano todos esos años atrás. Tenía una posición de entrenamiento en el ejército en el Campo Navajo, pero lo había buscado para un trabajo activo alguien que sabía lo que era. Alguien que necesitaba a los de su especie en el campo. Sólo para una misión a corto plazo.

Me froto contra la madera del pino y busco algún tipo de aroma que haya quedado.

Y luego lo siento, un musgo masculino fuerte de lobo. Huele como mi hermano, pero él está muerto. Lo que significa que debe pertenecerle a Geo, su hijo.

Mi sobrino ha estado corriendo por estos bosques.

Eso quiere decir que se ha transformado. No estábamos seguros de si lo haría. Mezclar sangre de transformista con humana puede terminar con la habilidad de transformarse de los hijos, pero las hormonas de la pubertad deben haber activado los genes de lobo-transformista de Geo.

Lo que significa que ya no puedo mantenerme alejado. Julia no sabrá cómo guiar a su hijo en esto.

Geo me necesita.

Mirando más de cerca, siento las marcas de las garras sobre el árbol, como Geo fue atormentado por su nueva forma. Frustrado y solo.

Mierda.

Deke me espera en el trabajo y si llego tarde, se enojará. Más de lo habitual. Tendré que volver por la mañana, ni bien haya completado la misión.

Bajo la colina y me dirijo por el camino largo alrededor de la casa. Se enciende una luz en la habitación de arriba y por un momento aparece la silueta de una mujer. Todo en mí anhela cambiar mis planes y volver a la casa. Asegurarme de que la puerta esté cerrada. Asegurarme de que esté a salvo.

Pero en vez de eso, volteo y me alejo de la tentación.

Me alejo de la única mujer que he deseado.

La única mujer que no puedo tener.

* * *

Me acerco a la fila de depósitos abandonados a la medianoche. Justo a tiempo.

Deke me espera en una camioneta vieja pintada de negro matte. Del tipo que usan los trabajadores... o los secuestradores. La obtuvimos tras una misión que involucraba una situación con rehenes si recuerdo correctamente.

Dejo mi bici y toco la puerta de la camioneta.

—Hola, amigo, ¿tienes unos dulces gratis?

Deke baja el vidrio, pero no me responde, sólo frunce el ceño. Tiene una expresión de «cara de asesino», como le gusta llamarla a Lana, la pareja nueva de Teddy.

—Luces como un asesino serial, —le digo. Me mira peor—. ¿Qué? Es un cumplido.

—¿Por qué llegas tarde? —gruñe—. Saliste de Taos antes que yo.

—Parada técnica. —Muevo las cejas, así mira para otro lado, asqueado.

Lo dejo creer que estuve en un bar, coqueteando con las chicas, lo que hará que cualquier resto de aroma a lavanda y lilas sea poco importante. De ninguna forma le diré dónde estaba realmente.

—¿Este es el lugar?

Asiento mirando el depósito más lejano, construido justo contra el bosque. Toda esta calle comercial está tranquila por la noche, pero hay una luz encima de la puerta del depósito. Cada tanto, una figura ensombrecida se mueve desde el bosque y entra.

Deke golpea los dedos contra el volante.

—Eso dice el GPS.

—Déjame entrar primero, hacer un reconocimiento. Tengo un contacto. —Le muestro el teléfono, en el que me he estado mensajeando con los organizadores del club de pelea.

—¿Y si te obligan los objetivos?

—No son objetivos. Son niños.

—Adolescentes, —gruñe Deke, sus ojos penetran la oscuridad—. ¿Por qué estoy de niñero?

—Ey, esta es una buena práctica. Sabes que tu pareja, Sadie, querrá una casa llena.

El nombre de su pareja suaviza su expresión, como sabía que lo haría.

—Imagínalo, —digo mientras me estiro, con las manos formo una pantalla, para distraerme de la nostalgia en mi propio pecho y evitar que se meta con mis sentimientos—. Tú, Sadie, siete cachorros...

—¿Siete? —Sus ojos se elevan rápido como si se imaginara la escena que estoy describiendo.

—Sí, y están tirados en el suelo, mordiéndote las botas.

—Sonrío por la preocupación que emanan los ojos de Deke en su expresión facial—. ¿Sadie no te ha dicho cuántos niños quiere?

—De dos a cuatro, —dice lento.

—Eso mismo, —Sonrío—. Tienes cuatro niños. Súmale un par de gemelos o trillizos, un par de sorpresas. Accidentes felices. Será genial.

La nuez de Adán de Deke rebota y su mano aprieta el volante. Luce listo para poner la camioneta en reversa y salir corriendo de aquí.

—Papi Deke. —Le sonrío para avivar el fuego y él me mira como si quisiera pisarme.

Mi trabajo está hecho, así que cierro la camioneta como un gran signo de exclamación y me paseo hasta el depósito como si no tuviera nada más en mente que esta pequeña misión de rescate.

Más personas entran por la puerta lateral. Una tranquila calle comercial con un edificio abandonado justo cerca del bosque es el sitio perfecto para tener un club de pelea transitorio de transformistas. Los organizadores, Trey y Jared, tienen un lugar habitual en Tucson, Arizona. Pero la pelea de esta noche es especial.

Una manada de ninjas Kawasaki de color verde ácido pasa corriendo a mi lado. Van de sesenta a cero, levantan grava cuando estacionan. Los ciclistas desgarbados se bajan y se abrazan. Somos chitas. Puedo verlos a un kilómetro. Les gustan las motos rápidas y el cuero ajustado.

Un par me miran cuando paso, sus ojos brillan verdes. Finjo ignorarlos, evito el contacto visual. Mi lobo está entusiasmado después de pasar por lo de Julia. Quiere regresar y reclamar lo que cree ser suyo. No lo dejaré, así que busca pelea.

Más transformistas se reúnen en el depósito y esperan

cerca de la puerta. Paso por una nube de humo y aromas a musgo.

Un transformista lobo conocido sale y observa la audiencia. Lleva vaqueros, botas arremangadas de motocicleta y una camiseta blanca bajo una chaqueta de cuero. La única diferencia entre su atuendo y el mío es la insignia en la chaqueta, un lobo gruñendo con las palabras «Manada Tucson» grabadas por debajo.

—La pelea empieza en veinte, —anuncia y se hace a un lado para dejar entrar a sus clientes.

Salgo de entre las sombras y él siente mi aroma. Ambos sonreímos y nos acercamos para golpearnos la espalda.

—Jared, —lo saludo.

—Channing, mi hermano. Me alegra que pudieras venir.

—Estoy aquí por trabajo, —le recuerdo—. Recolección de la manada.

—Claro. Están adentro. Trey los ha estado vigilando. ¿Seguro que no puedes quedarte? Son adultos.

—Apenas tienen dieciocho. Sabes cómo son los transformistas jóvenes.

—Sí. —Jared resopla—. Pero parte de mí piensa que sólo necesitan modelos a seguir.

—Tienen cinco hermanos mayores. Sus hermanos estarían aquí ellos mismos, pero Matthias está ocupado en el hospital y Teddy y Darius de viaje de negocios. Otros negocios, —añado antes de que Jared me pregunte si Teddy se amigó con su gemelo—. Darius está en Nueva York. Teddy en Los Ángeles con su nueva pareja.

—Me enteré de que se puso en pareja. Toda tu manada encontró pareja, ¿cuándo... este mismo año?

—En los últimos doce meses, —digo—. Sip. Toda la manada.

Menos yo.

—Bien, —dice Jared.

—¿Cómo está Angelina? —Pregunto antes de que pueda preguntar por mi situación de pareja.

Su rostro se relaja como lo hizo el de Deke cuando mencioné a su pareja.

—Ella está bien. Realmente bien. Volvió a Tucson, lista para un espectáculo. Su elenco actuará este fin de semana.

—No puedo creer que viniste hasta aquí para un club de pelea. Tienes un gran sitio en Tucson.

—Casa llena todas las noches, —dice satisfecho—. Pero Sheridan lo está volviendo más como un bar de cerveza de hípsters. A veces extraño el clima anterior, así que ponemos estos clubes transitorios.

Encontramos esta calle abandonada. Pensamos que sería perfecta. Me invita a entrar y el miasma cargado de olores me golpea. Cerveza, marihuana, transformistas de todo tipo sin bañarse. El gran espacio abierto está colmado de gente, nublado por el humo y el polvo. Las únicas dos luces son las que están en el ring en el centro de la habitación. La multitud se mueve, murmura, apuesta, estira el cuello para ver a los luchadores. El lugar vibra con anticipación.

Un trío de transformistas está parado en una esquina, tomando apuestas. Sus aromas son extraños, una mezcla de animales. El más alto de ellos, un tipo realmente pálido con gafas de botella, estornuda y salen plumas blancas y delicadas de su chaqueta. Nota que lo miro y vuelve a estornudar. Más plumas salen volando. Sus amigos le tocan la espalda sin quitar la vista de sus cuadernos.

Levanto el mentón en un asentir en reversa para señalar que todo está bien.

—Están allí. —Jared señala una esquina sombría detrás

del ring de combate—. Con Caleb. Él es la pelea principal esta noche.

—¿Pensé que Caleb se había retirado? ¿Que vivía en las montañas con su pareja?

—Así es. Lo convencimos de hacer una pelea. Por eso buscamos el lugar transitorio cerca de Flagstaff, él ya estaba en el área. Su pareja estaba investigando algo sobre los árboles del Gran Cañón. Alguna mierda científica. De lo contrario no habría venido. No es divertido estar de viaje cuando tienes una hermosa pareja esperándote en casa.

—Apuesto que no, —digo.

Él me mira y mantengo una expresión relajada y casual. ¿Está recordando que soy el único de la manada que no tiene pareja? ¿Hay pena en sus ojos?

—Será mejor que recoja los paquetes antes de que se metan en problemas.

—Gracias, amigo.

Compartimos otra palmada en la espalda y me dirijo a una esquina. Toda esta conversación sobre parejas tiene nervioso a mi lobo. Esa es parte de la razón por la que me ofrecí en esta misión. Todos en mi manada están en pareja. Hasta Lance, un ex chico malo, está felizmente asentado con una pareja y una beba.

Paso entre los grupos de transformistas hasta la parte de atrás, donde los luchadores esperan a ser llamados. Los paquetes, los tres adolescentes a los que se supone que recoja y lleve a salvo a casa, están en un grupo alrededor de los luchadores más famosos.

Un aroma marcado a clavo de olor me hace cosquillas en la nariz. Alguien lleva una colonia de clavo de olor. Un transformista sólo hace eso cuando intenta esconder su aroma.

El perfume de clavo de olor se vuelve más nítido cuando

me acerco al trío de adolescentes y veo de lleno a los adolescentes hombres-oso. Los tres jóvenes flacuchos son trillizos idénticos en una etapa de crecimiento adolescente incómoda. Sus brazos y piernas son muy delgados, pero sus manos y pies son gigantes. Serán más altos que sus hermanos, Axel, Teddy y Darius. Quizás hasta que Matthias. Pero no Everest. Y se necesitará de mucha comida para hacerlos engordar hasta un peso de pelea.

No es que vaya a hacerlos pelear.

Los trillizos rodean a un tipo gigante que tiene una barba aterradora. Otro hombre-oso llamado Caleb. El luchador principal.

—Fue asombroso, —le dice uno de los trillizos a Caleb. Este lleva una falda escocesa roja pero no tiene camisa—. Estuviste dos rounds y luego *pum*. —El adolescente imita un golpe de gancho ascendente y lo completa con efectos de sonido—. *Wap*, gancho izquierdo, gancho derecho.

—Fue un gancho fulminante, —agrega otro trillizo. Bern, creo que se llama. Bern está vestido de negro de pies a cabeza, incluyendo unas Doc Martens y una falda escocesa negra con negro.

—Claro, un gancho fulminante, —dice otro trillizo sin camisa. Estoy bastante seguro de que se llama Canyon—. Y luego lo golpeaste contra las cuerdas y entonces...

—Otro gancho fulminante, —acota el tercer trillizo. Tiene una falda escocesa roja con una camisa blanca estilo túnica y mangas abultadas, como un pirata. Hutch, lo llama su familia.

—Sí, —dice Canyon. Su nuez de Adán de Hutch se mueve mientras imita los movimientos de boxeo—. Y luego se cayó, y fue épico...

—Sí, lo sé, —dice Caleb—. Estaba allí. —Su gran barba oculta su expresión, pero siento su asombro.

—No vimos la pelea, pero nuestro hermano sí y nos contó. Vinimos desde la Montaña Osos Malvados, —dice Canyon—. Somos tus fanáticos número uno.

—Ey, chicos. —Me acerco y le doy una palmada en la espalda a Bern y a Hutch, tomando sus camisetas—. Su hermano, Matthias, quiere saber por qué no fueron a clase hoy.

Los trillizos se quedan tiesos. Canyon mira al otro lado del depósito a la única entrada o salida, pero no corre. Y si lo hace, esperaré a sus dos hermanos y luego le enviaré un mensaje a Deke.

—No se supone que estén aquí, —digo—. El club de pelea de transformistas es para mayores de veintiuno.

—Nadie está revisando identificaciones, —protesta Hutch.

—Tenemos casi diecinueve, —agrega Bern—. Eso es al menos veintiuno en años de transformista.

—¿Tienen diecinueve? —Pregunto. Actúan como si fueran más jóvenes, pero Teddy me dijo que la pubertad fue difícil cuando sus animales tomaron el control y los obligaron a transformarse. Su ma tuvo que educarlos en casa. Han estado resguardados del mundo exterior. No sorprende que suenen tan inocentes.

—Florecemos tardíamente, —dice Hutch y se le quiebra la voz—. Darius nos dijo que él y Teddy pasaron exactamente por lo mismo. Una pubertad tardía.

Los trillizos asienten al mismo tiempo.

Caleb mira nuestro intercambio con atención.

—¿Cómo saben que te envió su hermano?

—Hermanos, plural. Revisen sus celulares, —les ordeno a los trillizos.

—Olvidé el mío. —Canyon se cruza sus brazos sobre su pecho sin camisa. Causará problemas.

Bern y Hutch ya sacaron sus teléfonos de sus pequeños bolsos que llevan en la cintura. Hay muchos mensajes de sus hermanos, Matthias, Teddy y Darius, incluyendo una foto mía.

—Él es Channing. Vayan con él y hagan lo que les diga, —recito uno de los mensajes.

Hutch se lo muestra a Caleb, quien asiente.

—Lo escucharon, chicos, —Dice Caleb—. Pueden verme pelear cuando sean un poquito más grandes.

Los trillizos se desinflan.

—Pero estás retirado, —dice Hutch con tristeza.

—Oficialmente. Hablaré con Jared y Trey y planificaremos algo en dos años.

—¿Harías eso? —Pregunta Canyon—. ¿Por nosotros?

—Sip. Son mis fanáticos número uno. —Caleb levanta el mentón en mi dirección. Con una última palmada en el hombro de Canyon, él sale hacia la oscuridad.

En el centro del ring, Jared llama a los dos primeros luchadores para que tomen sus lugares. Los espectadores se acercan al ring.

—Vamos, tenemos que irnos, —digo.

—¿Podemos ver sólo una pelea? —Ruega Hutch—. ¿Por favor?

Dudo. ¿Qué daño podría hacer una peleíta? Pero algo me dice lo contrario, así que no dudo.

—Sus hermanos los quieren de regreso. Dicen que han estado actuando extraño durante semanas. Tomando muchos batidos de proteína y viendo películas de Rocky sin parar.

—Eso no es sospechoso.

—Sí, siempre hacemos eso.

En el ring, dos luchadores giran. Uno es un transformista chita, lo noto por cómo su manada, o *coalición* como le dicen los chitas, se acercan a las cuerdas y lo alientan. Jared y otro lobo transformista larguirucho, un tipo alto con una cresta y expansores grandes en las orejas, le dicen repetidamente a los chitas que se hagan atrás.

—La primera pelea es Speed Ballz contra Benny, el mordedor, —dice Hutch y señala un gran pizarrón encima de las apuestas. Speed Ballz es un nombre tan de motociclista chita.

Mi mirada ve los nombres escritos en la pelea de más abajo.

—¿Los asesinos de falda escocesa? —Leo y los trillizos se quedan helados—. ¿Eso es lo que pienso que es?

Hutch y Bern bajan las cabezas.

—Queremos pelear, —dice Canyon—. Un tipo nos desafió.

—Dijo que si perdíamos, le deberíamos un favor, —añade Hutch.

—¿Qué carajos? —Así no funcionan las peleas de transformistas—. ¿Qué tipo?

Los trillizos se encogen de hombros al mismo tiempo. Sus movimientos son tan similares, es como si los hubieran coreografiado.

—Suficiente de esto. —Señalo la puerta del depósito. Tendré que guiarlos entre la multitud—. Comiencen a caminar.

Canyon murmura algo que no escucho, pero los tres giran obedientemente y caminan hacia la puerta. Los dirijo por un camino en el borde del depósito. La pelea está en su punto cúlmine y el depósito se sacude con gritos. Entonces Benny, el mordedor, le hace honor a su apodo e intenta comerse a su oponente y es descalificado. La multitud se calma, excepto por los chitas, que se llevan a su héroe en hombros por la puerta.

—Esperen, —les ordeno a los trillizos. Ya casi llegamos a la puerta, pero los chitas están tapándola—. Esperemos un segundo.

Tengo el paquete, le escribo a Deke. *Saldremos en cinco.*

10-4. Me responde. *¿Algún rebelde?*

No.

Jared entra al ring y anuncia la próxima pelea. Las chitas ya casi terminan de salir por la puerta. Los trillizos esperan a mi lado, con los ojos pegados con anhelo al pizarrón. La pelea de Caleb es la última. Qué mal. Es tentador permitirles a los Tres Terribles quedarse a mirarlo. Jared tiene razón, los adolescentes necesitan modelos a seguir.

Estamos lo suficientemente cerca como para poder leer el nombre en la pizarra gigante al otro lado de los «asesinos de falda escocesa». Algún tipo llamado Hannibal. No es un luchador del que haya oído antes.

Le hago una seña al hombre canoso que maneja las apuestas y señalo la pelea de los Asesinos de falda escocesa.

—¿Puedes quitar esa pelea? Los chicos abandonan.

El hombre asiente y le hace una seña a su gran amigo de plumas para que tache la pelea.

—La próxima vez, chicos, —les digo a los trillizos, que lucen tristes—. Por cierto, ¿por qué las faldas escocesas? —Le pregunto a Hutch.

—Nuestra madre es MacDonald, —me informa Hutch con tristeza.

El camino hasta la puerta está libre, así que les señalo que sigan avanzando. Salimos hacia la noche. Más coches han llenado el estacionamiento. Más allá, los chitas armaron una gran fogata en el centro de sus motocicletas.

—Ey, —pregunta Canyon—. ¿Estás en tu motocicleta?

—Sí, —digo.

—¿Cómo llegaremos a casa si estás en moto? —Pregunta Bern.

—¿Cómo llegaron aquí? —Retruco.

—Hicimos dedo, —dice Hutch felizmente. Sus dos hermanos lo miran mal.

—Hicieron dedo. —Niego con la cabeza—. Se lo tendré que decir a Teddy. Le dará un infarto.

—Podemos robar unas motos e ir contigo. —Canyon mira con deseo los cohetes de los chitas—. Sabemos cómo arrancarlas...

—Sin robar. Sin motocicletas. No conduciremos. Vamos, Deke nos espera en la camioneta.

Los Tres Terribles se detienen al unísono.

—¿La camioneta rara?

—Eh, sí. —Escondo una sonrisa.

—Genial, —dice Bern. Hutch y Canyon chocan los cinco.

—Esperen, —digo—. ¿Los emociona ir en una camioneta rara?

—¡Sí!

—Dah.

—¡Me fascina!

Niego con la cabeza. Adolescentes. No tiene sentido intentar comprenderlos.

—Vamos, —ordeno. Deke estacionó en el mismo lugar. Podría enviarle un mensaje, pero no puede acercar mucho más la camioneta de donde está. A su derecha hay muchos coches estacionados y más transformistas con Harleys luego. A la izquierda está el bosque—. Tendremos que pasar por la manada chita.

—Coalición, —responde Hutch—. Un grupo de chitas es una coalición.

—Claro. Tendremos que pasar por la coalición. Miren

para otro lado. Escondan los colmillos. No posen, no desafíen.

Casi llegamos al fogón cuando un gigante sale entre los coches estacionamos y nos bloquea el camino. Un tipo grandote con gafas oscuras. El gigante se para entre nosotros y el fogón de los chitas. No sé bien por la luz que parpadea, pero la piel alrededor de sus gafas parece llena de cicatrices. Qué raro. Toma mucho esfuerzo que un transformista se lastime así. La única forma que conozco de dejar cicatrices en un transformista es usar sangre de vampiro.

¿Quién es este tipo? Vuelvo a oler y termino sintiendo de lleno la colonia a clavo de olor. El aroma me duerme la nariz hasta que mi sentido del olfato es inútil. *Idiota.*

Detrás de mí, los trillizos se quedaron quietos.

—Ey, amigo, —digo—. No es por ser descortés, pero llevas gafas de noche.

Los trillizos se ríen a mis espaldas, pero el tipo con aroma a clavo de olor frente a mí no responde.

—¿No? Bueno, respeto tu idea de estilo.

—Me prometieron una pelea, —resuena el hombre, señalando con el dedo a los hombres-oso detrás de mí.

—¿Hannibal? —Pregunto, adivinando su nombre por el luchado que figuraba como oponente de los Asesinos de falda escocesa. El gigante asiente—. Son demasiado jóvenes. Y no están en tu categoría de peso.

—Lo sé, —Hannibal inclina la cabeza y se suena el grueso cuello—. Era una pelea de tres contra uno.

Me encojo de hombros.

—Qué mal. Espera un par de años y estos chicos... —señalo con un pulgar sobre mi hombro— podrán hacer lo que sea que quieran. Pero esta noche, no sucederá.

La fiesta del fogón se está calentando. Más transformistas gato aparecieron con sus motocicletas. Un par nos pasan y huelen a marihuana y alcohol etílico. Dos hombres-leopardo, noto que son leopardos porque quién más se pondría una chaqueta con estampado de leopardo, se acercan con jarras de gasolina. Los gatos le tiran el líquido a las llamas y salen columnas de humo amarillas-azules hacia el cielo. Festejos y gritos hacen eco por el estacionamiento. Sonidos como si hubiera una hiena o dos en la mezcla.

Necesito que estos tres niños crucen el estacionamiento, pasen el fogón y los juerguistas alcoholizados, y lleguen a salvo a la camioneta de Deke. Pero Hannibal no quiere eso. Se para, con las piernas separadas, los pies plantados y ciento sesenta kilos de puro músculo.

—Bien, amigo, —me acomodo los hombros—. ¿Quieres pelear? Lo tienes.

—¿Contigo? —Grita Hannibal.

—Lo sé, no estoy en tu categoría de peso, pero haremos que funcione.

—Demasiado fácil, —se burla—. Pelearé contigo y los tres.

—Estos tres tienen que irse, —respondo. Retrocedo un poco, pongo espacio entre mí y el obstáculo, espero que los trillizos se den cuenta. Lo hacen. Los tres se mueven conmigo—Pero tengo un amigo que se nos unirá. ¿Qué piensas? ¿Dos contra uno?

—¿Qué amigo?

Señalo mi bolsillo.

—¿Lo llamo?

No espero su permiso. Busco el teléfono en el bolsillo y marco el número de Deke. Responde con un gruñido.

—Rebeldes. —Miro fijo a Hannibal mientras hablo—. Inicia la maniobra Berlín.

—Diez-cuatro. —Deke corta la llamada.

—Qué... —empieza a decir Hannibal, pero saco mi Glock y le disparo en las rodillas.

—Corran, —Grito por encima de los chillidos de Hannibal. Muevo una mano en el aire para mostrar la dirección en la que tienen que ir—. Hacia la camioneta.

Los trillizos salen corriendo. Bern lidera, Hutch y Canyon lo siguen.

Hannibal está en la acera, se sostiene sobre los brazos. Sus gafas de sol se cayeron y cuando mira hacia arriba, la zona de su ojo es una masa de cicatrices. En vez de brillar como un transformista, sus ojos son negros.

Giro y corro para alcanzar a los trillizos.

Una bala no detendrá a un transformista por mucho tiempo. Sólo lo detuve un poco.

Lo que es peor es que el disparo atrajo la atención de los gatos. Me choco contra uno y el transformista gato chilla.

—Disculpa, —murmuro, pero tengo un arma en la mano.

—No se permiten perros, —grita el gato—. ¡Deténgalo!

Una docena de cabeza voltean, sus ojos verdes son como láseres que me buscan. Más adelante, los trillizos pasan entre los ciclistas. Ya casi llegan al fogón y la multitud es densa.

Canyon va más lento y mira hacia atrás.

—No, —le ordeno—. Sigue. —Levanto mi Glock en el aire y disparo como advertencia. Los gatos a mi alrededor gruñen y se agazapan como si estuvieran a punto de saltar.

Deke enciende la camioneta y salta sobre una barrera baja de concreto para dirigirse hacia el fogón. Los gatos se dispersan. Al último segundo, Deke acomoda la camioneta y choca contra una fila de motos.

Los gatos maúllan.

—Ve, ve, ve, —le grito a Canyon. Sus hermanos llegan a

la parte de atrás de la camioneta y se meten entre las puertas abiertas.

Deke grita algo. Hay demasiadas motos y coches en el camino para poder acercar más la camioneta hasta nosotros. Tendremos que cruzar el estacionamiento hasta él.

Hay un chita en mi rostro. Me agacho y paso rápido, choco como un futbolista el medio de mi oponente. Las garras desgarran mi chaqueta de cuero. Me agacho y arrojo al transformista hacia un grupo de sus amigos. Más gruñidos.

Los transformistas gato se acercan.

—Channing, —grita Canyon. Él arroja algo. El vidrio se quiebra y el aroma a fuego y alcohol etílico se siente a mi alrededor. Las llamas brillan en la noche.

El gato junto a mí chilla, hace que me suenen los oídos. Pasa corriendo junto a su congregación, su chaqueta encendida.

¿De dónde sacó Canyon los ingredientes para hacer un cóctel Molotov? Golpeo al chita más cerco y lo giro encima de mi hombro, lo envío volando hasta su coalición.

Deke realiza maniobras evasivas en la camioneta. El vehículo tiene muchos más caballos de fuerza de los que uno se imaginaría, pero los chitas lo rodean.

—Ve, —grito, moviendo los brazos.

Hutch asoma la cabeza por la ventana.

—¡Canyon!

Canyon tiene la espalda contra el fuego, una segunda jarra de alcohol etílico en la mano. Está atrapado en un círculo de gatos enfadados.

Mierda. Este chico. Sabía que traería problemas.

La luz y la sombra se reflejan en el torso desnudo de Canyon. Un gato cercano se abalanza, y él da un paso atrás, su bota cruje con el vidrio. Su falda escocesa está peligrosamente cercana a las llamas. Un paso más atrás y estará en el fuego.

Dos leopardos-transformistas se acercan. Levanto el arma para advertirles que se alejen.

—Cobarde, —recrimina uno—. No traes un arma a una pelea de garras.

Lo haces si eres inteligente y práctico. Ahí es donde se equivocó Hannibal. Pensó que actuaría como si estuviéramos en una lucha del club de pelea. Fuera del ring, las reglas no aplican.

No aplican tampoco en el ring si no te importa perder. O que te descalifiquen.

Un grupo de transformistas se une a los leopardos.

—No puedes dispararnos a todos, —dice uno y sus amigos se ríen, levantan una botella de alcohol etílico en un brindis de broma. Hienas-transformistas—. ¿Cuántas balas te quedan?

—Suficientes. —Le disparo a la botella, luego giro y salgo corriendo, perseguido por leopardos aullantes. Llego a la fila de motocicletas caídas y levanto una. Normalmente necesitaría tiempo para arrancarla, pero esta es una moto de chita. Ya la han conectado. Muevo los cables correctos y se enciende.

Los leopardos-transformistas saltan, demasiado tarde. Me alejo y me acerco al fogón. Los gatos gritan y salen volando de mi camino. Acelero la moto hasta que la rueda delantera se despega del suelo y me acerco. Canyon está del otro lado, la luz del fuego pinta su espalda desnuda. Tendré que pelear con grupos de transformistas para rodear el fogón y llegar a él.

O...

Hay una pieza de madera laminada puesta en un ángulo al lado del fuego. Una rampa. Ese era el plan de un chita-transformista para esta noche. Los tontos iban a saltar encima del fuego.

Acelero la moto hasta la máxima velocidad y subo la rampa. La moto y yo volamos por el aire. El calor invade mi rostro; estoy encima del fuego.

Soy más pesado que un chita-transformista y no tuve una buena distancia previa. Puede que no lo logre. Las llamas se alzan para tomar mis botas.

—Canyon, —rujo. Me levanto y salto de la moto, me transformo en un lobo en el aire.

Mi cuerpo se contorsiona, se tensa, y destroza mis vaqueros y chaqueta de cuero. Los pedazos de mi ropa caen como lluvia sobre el fogón.

La moto cae, mitad adentro, mitad afuera del fuego. Justo sobre donde estaba parado Canyon, si no se hubiera movido.

Aterrizo sobre mis patas y salgo disparado hacia adelante, bajo la cabeza de lobo para deslizarme entre las piernas de Canyon y hacerlo rebotar sobre mi espalda. Él grita y se cae hacia adelante, se sujeta de mi pelaje blanco. Lo dejo cabalgarme como un bebé a cuestas de un pony miniatura todo el camino hasta el estacionamiento mientras busco mi motocicleta.

Detrás nuestro, hay una explosión cuando las llamas encuentran el tanque de combustible de la moto que cayó y esta explota.

Dos leopardos y hienas, sus rostros lastimados, pero ya sanando, saltan frente a mí. Canyon les arroja lo que queda del cóctel Molotov a los pies y paso rápido.

Una vez junto a mi motocicleta, Canyon se baja y me vuelvo a transformar en humano. Los militares nos hacen usar estos trajes ajustados que se acomodan a nuestras transformaciones y esta vez estoy agradecido. Sería horrible andar en motocicleta completamente desnudo.

Hashtag problemas de transformista.

Tendré que conducir descalzo. Mis botas se quemaron. Sacudo las manos. Cuando salté de la moto, aterricé en vidrio y algunas partes se clavaron en mis garras. Volver a transformarme en humano me ayudó a empujar los pedazos de vidrio fuera de mi piel. Tengo un cosquilleo en los pies y las palmas, lo que indica que mi sanación de transformista ha comenzado.

Pongo una pierna encima de la motocicleta e ingreso un código complejo para encenderla. Nadie puede conectar mi moto; tengo demasiadas protecciones.

—Súbete, —ordeno. Ni bien Canyon se acomoda detrás de mí en la moto, avanzo y me alejo de la conmoción.

Un par de chitas se arrojan en nuestra dirección, pero los esquivo. Deke se burla de mi nave, pero nada se compara en velocidad y capacidad de maniobra. Termino dándole la vuelta al depósito, justo cuando salen tres transformistas encargados de las apuestas. El transformista ave pestañea detrás de grandes gafas y se sacude, lo que produce una nube de plumas blancas. Su amigo se agarra el cabello blanco.

El tercero luce complacido.

—Je-sús, —dice con un acento irlandés marco—. Esto es anarquía.

Y lo es. El estacionamiento es una masa de transformistas gato gritando y de acera quemada, llena de llamas.

Tendré que enviar un mensaje de disculpas para Jared y Trey.

—Espera, —le grito a Canyon y acelero la motocicleta para saltar una baja barrera de concreto y luego otra. Esquivamos un grupo de panteras-transformistas sentadas sobre el capó de sus Honda Civics tuneados. Nos chillan, pero no se mueven para seguirnos.

Sólo hay un camino para entrar y salir de este centro comercial. Alcanzamos a Deke y a los demás cuando la camioneta gira en la calle principal.

—Iujuu, libres a casa, —celebra Canyon.

Un rugido estalla a nuestras espaldas. Canyon se agacha junto a mí.

—Oh no, —dice, su voz se corta a la mitad de la oración.

Me arriesgo a mirar rápido hacia atrás.

Hannibal está siguiéndonos con su propia motocicleta. Sus gafas están de nuevo en su rostro. Sus vaqueros están rotos y manchados en la rodilla, pero no hay otra evidencia de que le haya disparado. Las balas bien podrían haber sido dos picaduras de mosquito por lo que lo frenaron.

Vuelve a rugir, viene por nosotros. Está sobre un vehículo gigante que parece modificado de alguna forma. A pesar de su tamaño, la moto parece realmente rápida.

—Sostente fuerte, —le digo a Canyon y lo hace. Ya anduvo en la parte trasera de una motocicleta antes, gracias al destino. Acelero hasta Deke en la camioneta—. Rebelde, —grito—. Rebelde a las seis en punto.

—Diez-cuatro, —gruñe Deke. Nos guía hasta la camioneta en el medio del camino, pero no será lo suficientemente rápido como para ganarle a Hannibal. Vuelvo a mirar detrás de la camioneta, cuido la retaguardia.

—¿Qué hacemos? —Grita Canyon.

¿Hacemos?

—Se suponía que fueras con tus hermanos, —gruño.

—Necesitabas ayuda. —Los brazos de Canyon se tensan a mi alrededor cuando nos inclinamos en una curva—. Nunca dejas a alguien atrás.

—No estás en el ejército. —Miro rápido detrás nuestro otra vez. Hannibal se acerca más.

—Eso es sólo porque no me dejan enlistarme, —se queja Canyon en mi oído.

Buen punto.

—¿De dónde sacaste los cócteles Molotov?

—Un tipo estaba preparándolos. Se los saqué de las manos. —Canyon se gira y me informa—. Está alcanzándonos.

Estamos en un largo tramo de camino. Sin civiles. Podría frenar la motocicleta y enfrentarlo, darle una oportunidad de escape a Deke, pero eso pondría a Canyon en peligro. Perdí mi arma cuando me transformé.

Me quedo sin ideas.

—¿Qué es ese transformista? —Pregunta Canyon.

—No lo sé. Escondió su aroma con clavo de olor.

—Entonces por eso no podía olerlo. Mi nariz se adormeció.

—Sí. —Mi voz se vuelve ronca con todos estos gritos ridículos, pero quiero seguir con la conversación. Quiero que Canyon entienda. No sé por qué quiero enseñarle cosas al chico, pero así es—. Está escondiendo algo, —le explico, inclinándome en otra curva. Deke tiene que ir más lento con la camioneta y perdemos otros metros contra Hannibal —. No quiere que sepamos lo que es.

—Mierda, —murmura Canyon por lo bajo.

Hannibal casi nos alcanza.

Las puertas de la camioneta se abren de golpe. Hutch y Bern están allí, sosteniéndose de cada lado del vehículo.

Asiento, pero mantengo mi motocicleta entre ellos y Hannibal, justo en la línea de visión del enemigo.

Rodeamos otra curva. Deke pasa volando por ella. Hannibal está a un par de metros, el cerdo ruidoso se escucha en el aire. Una vez que estamos en un tramo de camino recto, Deke desacelera.

—¡Despejado! —Grita Bern, y nos quita a Canyon y a mí del camino. El vehículo pasa rápido a nuestro lado. Hay un estallido y el calor de una explosión de siente en mi nuca.

Canyon se ríe.

Estaciono junto a la camioneta y me sostengo.

—¿Le dieron? —Pregunto.

—Le dieron a su motocicleta, —dice Canyon.

—Mucho mejor.

Sonrío y le muestro el pulgar a Deke. Él asiente y vamos a una velocidad crucero. El rugido de Hannibal hace eco a nuestras espaldas mientras salimos disparados hacia la noche.

Capítulo Dos

C*hanning*

—No puedo creer que le disparaste con un lanzacohetes, —le digo a Deke. La camioneta está aparcada a un costado del camino y Canyon se ha vuelto a unir a sus hermanos.

Deke gruñe.

Llego unos pantalones cortos de alta tecnología desarrollados por el ejército para quedarse en su lugar, incluso después de transformarse. Saco un par de pantalones deportivos extra que guardo en el compartimiento de mi motocicleta junto con mi billetera. El espacio es demasiado pequeño como para que entre mucho más, así que me falta una camisa, chaqueta y botas.

Hashtag problemas de transformista.

—Supongo que salió bien. —Meto el delgado traje militar en el compartimiento y lo cierro—. ¿Estarás bien llevando a estos chicos a casa?

Deke mira mal a los trillizos, quienes se están contando partes de la misión de esta noche entre sí, agregando más armas y sangre.

—¿Adónde vas?

—Misión privada. Ya lo hablé con Rafe. —Mantengo un tono casual, pero mi pecho se tensa y siento el leve aroma a lilas y lavanda.

Deke frunce el ceño, pero no dice nada.

—Ey, Deke. —Canyon corre a su lado—. ¿Puedo ser el próximo en usar el lanzacohetes?

Deke me mira mal como diciendo *No puedo creer que me dejes como niñero de osos-transformistas.*

—No.

—¿Pero y si regresa Hannibal? —Pregunta Hutch.

—Corren, —digo—. Es probable que sean más rápidos que él a pie.

Canyon abre la boca y lo interrumpo,

—Es una orden.

—¡Señor, síseñor! —Canyon y sus hermanos se enderezan y muestran saludos torpes.

—Ves, —le digo a Deke—. Estarás bien. —Me subo a mi motocicleta. Mis pies se congelarán con el viento, ¿pero qué puedo hacer?

—¿Dónde están tus botas? —Pregunta Canyon, mirando mis pies descalzos.

—Las perdí cuando me transformé sobre el fogón, —respondo, dejando de lado el resto de la explicación. *Porque tuve que salvarles el trasero. Otra vez.*

Las orejas de Canyon se ruborizan.

—Aquí. —Se quita las botas—. Es lo mínimo que puedo hacer.

Me bajo y meto los pies en ellas. Resulta que son casi de mi talle, un poco más grandes.

—Gracias.

Canyon sonríe.

Hutch asoma la cabeza por la ventana del acompañante.

—¿Quieres mi camisa?

Miro entrecerrando los ojos su camisa inflada de pirata.

—No, gracias.

Bern ofrece la suya, pero es parecida a la de Hutch, sólo que en negro. Paso.

Deke se dirige a la camioneta y saca una chaqueta cazadora, de cuero marrón con un forro de lana de oveja. Me la arroja.

—¿Qué es esto? —Pregunto.

—Una extra. Tómala, —dice Deke—. No puedes conducir sin camisa.

Podría pero sería extraño.

—Te lo agradezco, hermano. —Me pongo la chaqueta, subo el cuello y estiro los brazos—. ¿Cómo me queda?

Los trillizos se ríen. Tengo botas y chaqueta prestadas, pantalones deportivos y nada más. Hay mejores atuendos que ponerse en una reunión que lleva atrasada diez años, pero a caballo regalado no se le miran los dientes. No habrá ninguna tienda de ropa abierta antes del amanecer, y mis instintos me dicen que regrese con Julia cuanto antes.

Por supuesto, mis instintos también me dicen que entre a su casa, la toma, la ponga sobre su cama y la reclame como mi pareja. Algo que definitivamente no puedo hacer.

Pero una cosa a la vez.

—Ustedes osos pórtense bien con Papá Deke, —digo y me vuelvo a subir a la motocicleta.

—¡Señor, síseñor!

Excelente.

—Entren a la camioneta, —les ordena Deke a los osos y ellos se apuran en obedecer. Deke se acerca a mí, luce pensativo.

—Esta misión privada, —pregunta—. ¿Hay algo con lo que te pueda ayudar?

Es normal que los miembros de mi manada acepten misiones individuales entre trabajos más grandes. Por lo general son cortos, como un trabajo de guardaespaldas o vigilancia. A nuestro alfa le parece bien siempre que se lo contemos primero.

—Estoy bien, —le digo—. Te hablaré por radio para pedir refuerzos si hace falta.

—Hazlo. Hace una pausa.

—Aww, Deke. ¿Estamos teniendo un momento especial? Porque siento que así es. —Pongo una mano sobre su hombro y pongo cara de enamorado.

—No, —me aleja, pero no puede negar el hecho de que se tomó un momento para comunicarme que me cuidaría las espaldas.

—Entendido. Buena suerte con la entrega del paquete. —Le guiño el ojo—. Recuerda, no puedes matarlos —lo señalo con el dedo como si fuera un arma—, pero podrías asfixiar a alguno si se ponen muy molestos. —Envuelvo mi propio cuello con los dedos—. Inconsciente es técnicamente vivo. La regla principal del niñero: mantén a los niños con vida.

Deke gruñe.

—¿Ves? Es bueno que tú seas quien los regrese y no yo.

—Enciendo mi motocicleta y Deke toma el manubrio.

—Una cosa más. Si me vuelves a llamar Papá Deke, te arrancaré los intestinos y te dejaré secando en tiras.

Le sonrío y muestro todos los dientes.

—10-4... *Papi.*

Deke gruñe y pongo la motocicleta en reversa, saliendo disparado del alcance de Deke y mostrándole una sonrisa gigante antes de ir a toda velocidad arrojando grava a mi paso.

En el camino y fuera de la vista de Deke, me pongo en

dirección a la casa de Julia y el alivio me invade. Mi lobo quiere quedarse cerca de su lado. Su hijo, mi sobrino, tiene trece. La pubertad es un momento difícil para cualquier niño pero más para un transformista. Con el lobo de Geo saliendo a la luz, las cosas pueden salirse de control. Mi hermano me guio por mis primeras transformaciones. Fue difícil.

Si algo me sucede...

Le prometí a mi hermano que cuidaría de su familia. Por diez años, he enviado dinero. Los he cuidado desde lejos, mirándolos desde mis lugares secretos en la colina o por cámaras que instalé sin su conocimiento en los pinos altos sobre su hogar.

Pero para guiar a Geo en sus transformaciones, tendré que estar presente. En persona.

Eso significa estar con Julia. En persona. En lugares cerrados, igual que esos años en los que me quedé con ellos cuando Geo sólo era un bebé. Antes de que muriera Geoffrey.

El lobo de Geo necesitará de mi presencia. Puede que sea un desastre en general comparado con los tipos de mi equipo, pero soy todo lo que tiene.

Mantendré la cabeza gacha, la mente concentrada en ayudar a Geo en sus primeras transformaciones. Me aseguraré de que pueda controlar a su animal. Lo ayudaré a él y a su mamá todo lo que pueda.

Y sin importar lo que haga, no cederé ante mi instinto y tocaré, probaré o reclamaré a Julia.

La humana que no debería desear tanto.

* * *

Julia

La alarma de la mañana siempre llega demasiado pronto. Me giro para pegarle al despertador con la suficiente fuerza como para tirarlo de la mesita de noche. Soy de la vieja escuela: todavía uso un despertador. No duermo con el celular al lado de la cama porque si lo hiciera, lo miraría a primera hora y luego mi día de trabajo empezaría ni bien despierto.

Nunca preferí las mañanas, pero tengo trabajo que hacer, y llevar a Geo a la escuela últimamente es más difícil que nunca.

Me ducho, visto con mi ropa de trabajo-en-casa que son unas calzas cómodas y una linda blusa y bajo las escaleras, toco la puerta de Geo al pasar.

—Buen día, —lo llamo—. Hora de ir a la escuela. —Vuelvo a tocar y espero hasta escuchar el gruñido acallado que confirma que me oyó. Resisto la necesidad de entrar y asegurarme de que empiece con su rutina de mañana; me obligo a bajar. Sigo atenta mientras hago el café y espero escucharlo entrar en la ducha.

Intento darle privacidad y espacio. Pero es difícil, mucho más difícil de lo que pensé que sería.

Hay una foto de nuestra familia, yo, Geo y su padre fallecido, Geoffrey, en la nevera. Es la última foto que tomamos juntos. Geo tenía tres y su dulce carita se roba mi corazón. Es la mezcla perfecta de su padre y yo. Tiene el cabello oscuro y sedoso, piel morena y brillante de mi lado, pero su estructura facial es todo de su padre. Y de algún modo heredó los impactantes ojos verdes de Geoffrey, ojos que brillan cuando su lado de lobo está cercano a tomar el control.

La primera vez que los ojos de Geo reflejaron la luz y brillaron como solían hacerlo los de Geoffrey, me quedé completamente helada. Tuve que pedir perdón antes de que Geo pudiera sentir mi aroma a sorpresa. Casi había olvidado que era una humana criando a un transformista, uno que un día podría convertirse en un lobo gigante. *¿Y entonces qué haría?* Nunca pensé que tendría que enfrentar este momento sola, sin Geoffrey aquí para guiarlo.

Casi llamo al número que me dio su hermano para emergencias. Casi. Han pasado diez años desde que Channing se unió al ejército. Pensé que lo veríamos entre viajes, en las fiestas, pero literalmente no ha vuelto desde entonces.

Geo ni siquiera reconocería a su tío si lo viera en la calle. Pero lo entiendo. Es algún tipo de agente de operaciones especiales en el ejército. Es probable que no haya estado en el país en años. De todos modos, hubiera sido lindo saber de él. Una carta. Un mensaje. Un regalo de navidad para su sobrino. Por supuesto que los transformistas no celebran la navidad, así que quizá esperaba demasiado. ¿Pero qué hay de Halloween?

Pero, no. Nada. Sin contacto alguno más que el dinero que mágicamente aparece en sobres. Que aprecio, pero el dinero no es mi idioma de amor. Entonces tuve que ocuparme de todo yo misma. Pero está bien. Geo y yo hemos estado muy bien solos. Somos nuestra propia unidad.

Antes de que se termine de hacer mi café, la puerta de Geo se abre y él sale por el pasillo. Contengo la respiración hasta que abre la ducha.

Quizás esta mañana no sea una batalla.

Me suena el teléfono con correos y llamadas entrantes. Lo desconecto del enchufe de la cocina y empiezo a ver los mensajes a la vez que abro el refrigerador y saco huevos y leche. Y tocino. Los transformistas necesitan carne. Eso es lo que Geoffrey solía decirme. Podía bajarse cinco hamburguesas en una sola comida. Y eso era en un día de descanso.

Mi asistente ya envió más de cinco correos. En vez de tomarme el tiempo de responder a cada uno de ellos, la llamo a la oficina mientras pongo la sartén en el fuego y empiezo a romper los huevos.

—Hola, Kelly. Soy yo. Recibí tus mensajes. Pensé que sería más fácil llamarte.

Vemos sus preguntas mientras bato media docena de huevos y pongo el tocino en la parrilla.

Sisea cuando Geo baja las escaleras. Corto la llamada.

—Buenos días, —digo con alegría y miro a Geo con una sonrisa—. Te hice tocino.

No me responde, pero luce menos gruñón que de costumbre. Su cabello está despeinado en crestas adorables y me requiere mucho esfuerzo no cruzar la habitación y pasar la mano por su cabeza como solía hacerlo.

—¿Tienes el iPad cargado para la escuela? —Pregunto. Su escuela le dio una tableta a cada niño a principios de año. Algo sobre ser una escuela STEM. Lo odio porque significa que Geoffrey no tiene que aprender a deletrear o a escribir en un teclado. El auto corrector y los mensajes de voz a texto son sus mejores amigos.

—Sí, —gruñe.

—Carga tu botella de agua.

Se mueve lento hacia su mochila para sacar la botella de agua y llenarla.

—Me alegro de que te ducharas. —Allí, un refuerzo positivo—. ¿Te pusiste desodorante?

Se huele la camisa como si controlara. Para un niño con un sentido del olfato tan sensible, pensarías que sería capaz de notar sus olores corporales aumentados.

—Geo... —No quiero reprochar. Se pone tan a la defensiva si critico su nuevo cuerpo y sus olores en vez de intentar asegurarse de que cumpla con una higiene básica.

Aunque gruñe, se voltea y vuelve a subir las escaleras. Es tan sensible con los olores que tuve que comprar cinco marcas diferentes de desodorante antes de encontrar una que no odiara. Es uno natural con aroma a cedro y sándalo.

¿Cuándo se convirtió mi dulce niño en un adolescente oloroso y gruñón? Era mucho más fácil cuando podía hacerle cosquillas y quitarle el mal humor. Ahora, las cosquillas rara vez funcionan y la última vez que lo intenté, me sorprendió lo largas que eran sus extremidades, casi me patea.

Me muevo por la cocina y le preparo un plato de comida que apoyo sobre la mesa.

—El desayuno está listo, —lo llamo y me muerdo la lengua antes de retarlo para que coma mientras está caliente.

Pensando en una tarea que olvidé pedirle a Kelly, la vuelvo a llamar mientras me ocupo de limpiar las mesadas y vaciar el lavavajillas. Suele ser el trabajo de Geo, pero si lo hace ahora, llegará tarde a la escuela. Al menos sacó la basura. No puso otra bolsa en el tacho, pero es un comienzo.

Una correntada fría entra desde el frente de la casa y cuando reviso, encuentro que la puerta principal está entreabierta.

—Bueno, eso es todo. Necesito que Geo salga, pero estaré disponible en media hora, —le prometo a Kelly y corto la llamada mientras miro la puerta abierta. Suspiro y tomo el picaporte. Sé que la cerré y puse la traba anoche. ¿Geo salió?

En la calle, parece que alguien tiró el cesto de basura. Está toda tirada por la calle. Tomo un abrigo y me apresuro a limpiar el desastre.

Geo se debe haber olvidado de ponerle la tapa y un mapache aventurero se aprovechó. Unos huesos de pollo de la cena de anoche están tirados sobre la acera. Tomo una tela rota y la uso para levantar los pedazos de basura más olorosos.

Ya casi termino cuando me doy cuenta de lo que estoy usando. La tela rota es una camiseta. Y no sólo cualquier camiseta, es de una banda. El frente dice *Faust* y tiene una foto de Luna, la cantante principal, aullando en el micrófono.

Es la banda favorita de Geo y aprecia cada pieza de recuerdo como un dragón que guarda su tesoro. No hay forma de que haya tirado esta camiseta, pero aquí está metida en la basura. Se la puso anoche, y ahora está hecha pedazos como si un animal salvaje la hubiera tomado. Hay pequeñas manchas rojas en la tela desgastada.

Y me doy cuenta. Sé lo que sucedió anoche. Por qué la puerta estaba abierta y por qué su camiseta está rota. La tomo con tanta fuerza que me quedan los nudillos blancos.

Oh Dios, está pasando. Esperaba un poco, temía otro poco que este día llegaría. Que los genes de transformista de Geo saldrían a la luz y que se convertiría en lobo como su padre.

Es hora de tener *la charla*.

Bueno, ya tuvimos la primera charla. Le recordé cuando le salió vello en las axilas y su voz empezó a cambiar que podría transformarse. Parecía que se hubiera olvidado con los años. Sabe que es diferente. Que es mucho más fuerte y que sana más rápido que sus compañeros. Que es necesario que lo esconda de los humanos. Pero no hemos hablado de transformarse en años. No lo mencioné porque... bueno, ni siquiera estaba segura de si se convertiría en lobo. Es mitad humano, mitad transformista. Geoffrey me dijo que a veces los mestizos no pueden transformarse. No quería que Geo se ilusionara con tener algún tipo de superpoder, sólo para que se decepcionara.

Pero tampoco quería que lo tomara por sorpresa si *sí* terminaba teniendo la habilidad de cambiar de forma. Entonces hablamos una vez y nunca más lo mencioné.

Pero ahora parece estar sucediendo. Los genes transformistas de Geo son lo suficientemente fuertes. Es un lobo, como su padre.

Y no tengo la más mínima idea de cómo ayudarlo con este cambio en su vida.

Vuelvo a entrar, el café se revuelve en mi estómago. Cuando llego a la puerta principal, tengo otra fea sorpresa. Hay marcas de garras en la madera desgastada, en la parte inferior. El picaporte de bronce está aplastado, lo que es imposible. A menos... que alguien con una fuerza sobrenatural lo haya tomado con fuerza y lo haya roto. Alguien que no conoce su propia fuerza.

Geo está en la mesa, se traga su desayuno, apenas mastica cada bocado. Geoffrey comía así, sobre todo después de una transformación.

—*Mijo*. —Me acerco lento—. Anoche, ¿tú...? —¿Cómo lo digo?

Geo levanta la mirada y se pone pálido cuando ve la camiseta rota que sostengo. Su expresión se vuelve sombría.

—No quiero hablar de eso.

—Cariño. —Me acomodo en una silla junto a él—. Es normal. No hay nada de qué avergonzarse.

—Dije, *No quiero hablar de eso*. —Se levanta de la mesa y se dirige hacia la sala de estar.

—Tenemos que hablar de eso. —Lo sigo—. ¿Saliste de casa durante la noche?

Está en la puerta, poniéndose el abrigo. Murmura algo.

—¿Qué fue eso?

—Sabes que así fue, —dice fuerte, sus ojos brillan un verde intenso.

—¿Qué pasó con tu camiseta? —Le muestro la tela rota —. ¿Te metiste en una pelea? ¿Esta es tu sangre?

—No. Yo... cacé. —Murmura la última palabra.

Me obligo a trabajar el nudo tenso que tengo en la garganta.

—Fuiste un lobo.

Agacha la cabeza para no mirarme. Intentó esconder esto de mí, ¿no quiere que lo sepa? ¿Piensa que me da vergüenza? Estoy haciendo todo mal.

Apoyo la camiseta en una mesita y vuelvo a intentar.

—Geo, es normal que un chico, un transformista, de tu edad empiece a transformarse. Tu padre y yo esperábamos que heredes sus genes. Es algo bueno.

Me ignora y se pone la mochila.

—Creo que deberíamos hablar de esto.

—Ma, no. Llegaré tarde. Abre la puerta principal y sale.

No soy transformista. ¿Cómo puedo empezar a ayudar a Geo a navegar la pubertad?

Cuando estaba embarazada, Geoffrey y yo hablamos de la posibilidad de que nuestro hijo tuviera genes transformistas, pero el comienzo de la adolescencia y sus poderes de transformación estaban muy lejos. Discutir el futuro y enfrentar la realidad son dos cosas diferentes.

Y no hay libros para padres que pueda leer. *Cómo entrenar a tu animal transformista. Siete pasos para transformarte con facilidad.*

Geo salió anoche. Se convirtió en lobo, rompió su camiseta y de algún modo la manchó de sangre. *Al menos no era su sangre.*

Sólo tiene trece. No puede estar corriendo por la noche. Como un lobo. ¿Y si alguien lo viera?

Dios, esto es una pesadilla. Ni siquiera sé cómo mantener a mi hijo a salvo. Cómo hacerlo quedarse en la casa toda la noche. Si volverá cubierto de sangre animal. O peor, si no volverá.

Hay cazadores allí afuera que podrían dispararle a un lobo por diversión. Una cabeza de trofeo.

Me estremezco.

Abro la puerta. Geo está caminando por la entrada.

—Geoffrey, vuelve aquí.

—No me llames así, —me dice de mala manera volteando la cabeza—. Ese no es mi nombre.

—No le hables así a tu madre, —retumba una voz grave y tanto Geo como yo giramos hacia la interrupción.

Una motocicleta está estacionada a unos quince metros, al otro lado de la tranquila calle sin salida. Si estaba allí hace unos minutos, no la vi. Junto a la moto se apoya un hombre alto con pantalones deportivos sueltos y una chaqueta de cuero marrón. Cruza la calle sin salida y se acerca a nuestra entrada. El sol se asoma detrás de una nube. La luz ilumina su cabello corto y rubio y, por un segundo, luce como mi esposo fallecido, me quita el aliento. Luego mueve la cabeza y hay un hoyuelo en cada mejilla.

—Ey, Julia.

Geo se puso tenso a mi lado.

—¿Quién eres? —Se para frente a mi para protegerme, aunque sólo es un centímetro más alto que yo. —¿Cómo conoces a mi mamá?

—Está bien, Geo. —Pongo una mano sobre el brazo vibrante de mi hijo—. Lo conozco. Él es tu tío Channing.

Capítulo Tres

J*ulia*

—No tengo tío, —dice Geo.

—Geo. —La voz de Channing es más grave de lo que recuerdo—. Han pasado unos años.

—Diez. —No puedo evitar que mi voz suene tensa y Geo se vuelve a poner nervioso. Un gruñido grave resuena en su garganta. No es uno humano.

Ese es su lobo.

De pronto me inundan recuerdos del gruñido de su padre que surgían cada vez que Geoffrey pensaba que estaba en peligro.

Oh por dios. Necesito estar en calma, así Geo también lo estará. Si él piensa que Channing es una amenaza, no se sabe qué hará.

—Han pasado *diez años* desde que te vimos, —le digo a Channing, orgullosa de que mantengo la voz firme.

¿Dónde has estado?

—Lo sé, —responde—. Lo siento. Envié dinero.

Increíble.

—¿Todos esos sobres eran tuyos?

Asiente.

—Bueno. —Le doy una mirada que dice *lidiaré contigo más tarde*.

Los ojos verdes de Channing brillan con la luz de la mañana. Es más alto de lo que recuerdo, sus hombros más anchos. O quizás así se está mostrando. Su postura relajada no puede esconder los músculos poderosos bajo su chaqueta de ciclista. Ha sido así desde los diecinueve, lo que parece sorprendente porque ya estaba hecho de puro músculo entonces.

Lleva una chaqueta cazadora de cuero marrón y nada más. Sin camisa. La chaqueta está desabrochada, lo que me da una vista plena de sus músculos pectorales esculpidos, sus abdominales espectacularmente trabajados. Tiene más que seis escondidos bajo su atuendo desafortunado.

No es que esté mirando. Eso sería extraño.

Aparto la vista.

—Geo, tienes que irte. Perderás el autobús.

—No quiero dejarte sola con él, —dice Geo.

—Él está bien, —le digo a Geo al mismo tiempo que Channing levanta un pulgar detrás de él, lo que hace que su chaqueta se abra más y revele un pecho duro y tonificado que pondría celoso a un modelo—. ¿Alguna vez anduviste en motocicleta? Puedo llevarte...

—De ninguna forma, —interrumpo. Sé que mi hijo tiene unas increíbles capacidades de sanación, pero también sé que las motocicletas son máquinas de matar. Además, sé que los transformistas no son tan indestructibles como creen. Lo aprendí de la peor forma posible.

Geo mira la moto entrecerrando los ojos, la observa.

—¿Seguro? —Channing sonríe y muestra sus hoyuelos profundos—. Sería una oportunidad para conocernos.

—No. —Me llevo a mi altura total, que es cerca de medio metro menos que Channing—. Ninguna motocicleta.

La sonrisa de Channing desaparece. Me observa y luce pensativo. Nunca lo vi tan serio. Tan adulto.

—Muy bien. Geo, escuchaste a tu mamá. Hora de ir a la escuela.

Rechino los dientes. *¿Cómo te atreves a decirle a mi niño qué hacer?* Contengo mi indignación para que Geo no la nota en mi postura y en mi aroma.

Geo no se da cuenta. Se encoge de hombros con la mochila y recorre la acera. Espero a que mi hijo esté fuera de vista y me llevo las manos a la cadera. Channing sigue mirando a Geo, su expresión es distante.

Su rostro es más duro de lo que recuerdo, moldeado a la perfección. Todavía tiene hoyuelos, los muestra cuando se vuelve encantador. Sus orejas solían sobresalir, lucían demasiado grandes para su cabeza. Ya no. Ni siquiera con su pelo rapado. Tiene el cuerpo y la estructura ósea de una estrella de cine.

No es que piense que es atractivo. Es demasiado joven para mí. Y es mi cuñado. Sólo estoy notando las diferencias.

Ni bien Geo no puede escucharnos, me aclaro la garganta para atraer su atención.

—No es tu lugar darle órdenes a Geo. No puedes aparecer después de diez años y fingir tener un papel en su vida.

—Me disculpo. —Su mirada fría y verde aterriza sobre mi rostro. Hay algo extrañamente íntimo en la forma en la que me observa. Es desconcertante.

Vuelvo a mi enojo.

—¿Qué estás haciendo aquí?

Siempre que Channing hacía algo tonto o se metía en problemas, solía inclinar la cabeza de costado y poner una expresión de *oh rayos*. Una carta para salir triunfante que funcionaba con todos menos su hermano mayor.

Hace una versión mejorada de este movimiento, inclinando la cabeza para que sus ojos asombrosos brillen y lo une con su par de hoyuelos.

—¿No puedo visitar a mi sobrino favorito?

Me pongo fría frente a su encanto.

—Es tu *único* sobrino. No es que te importe.

Sus hoyuelos desaparecen.

—Por supuesto que me importa, Julia. Me sorprende lo genuinamente herido que parece por mi comentario.

—¿En serio? —Cruzo los brazos sobre mi pecho y levanto las cejas—. ¿Entonces dónde has estado? ¿Siquiera sigues en el ejército?

—Por aquí y por allá. En todos lados. —Él se encoje de hombros—. Dejé el ejército hace unos años por un trabajo de seguridad privada. Te envié un mensaje.

—Desde un teléfono descartable. *En caso de emergencias*, dijiste. Como si eso fuera explicación suficiente.

Dios, ¿me pregunto si está metido en algo ilegal? Siguiendo los pasos de su padre desempleado. Se metió en muchos problemas como adolescente, por eso Geoffrey lo hizo mudarse a Arizona con nosotros cuando tenía diecisiete en vez de quedarse en Kentucky con la manada de su padre. Esos lobos eran problemáticos.

Incluso cuando estaba con nosotros, nunca estuvo en casa. Corría libre y alocado, toda la noche. En motocicletas rápidas. Luego coches. Y era mujeriego desde joven.

Levanta esos hombros musculosos en un gesto casual, como si sus actividades de los últimos diez años no importaran. Nunca fue el responsable de la familia. Geoffrey lo era.

La mirada de Channing se centra en mis manos.

—¿Por qué hueles a sangre de conejo?

Miro hacia abajo a mi blusa de seda y reviso si hay manchas. Nada. El aroma de la matanza de Geo debe estar en mis manos. Los transformistas tienen un sentido del olfato poderoso.

—No es nada, —digo.

—Eso es mentira, Julia. —Da un paso al frente y ahora está lo suficientemente cerca como para tocarnos. Sus ojos muestran una luz brillante, un verde inhumano, y tiemblo. Su lobo tiene los ojos del mismo color que Geo. Y que Geoffrey—. ¿Geo trajo una presa a casa?

—Eso no es de tu incumbencia.

—Es exactamente de mi incumbencia. Por eso estoy aquí. Para para guiar a Geo en su pubertad de transformista.

Ah.

Debería estar feliz. Esto es exactamente lo que necesitaba. Excepto que ver a Channing en persona después de tantos años me trae mucho dolor. Estoy sorprendida por todo el peso de cuánto lo he extrañado. De lo decepcionada que he estado por años de que nunca volviera. Vivió con nosotros un par de años. Pensé que se quedaría como parte de nuestra familia tras la muerte de Geoffrey, pero desapareció total y completamente.

—Eso no será necesario, —digo.

—No estoy de acuerdo. Y creo que tengo que tomar esta decisión por ser transformista y tú no.

—¿Disculpa? —le digo de mala manera.

—Denegada. —Me guiña el ojo y pasa a mi lado, se dirige hacia el porche.

Por un segundo me quedo boquiabierta en la entrada. *¿Acaba de alejarse de mí?* Si mi cabeza pudiera explotar, lo haría.

Giro y lo persigo por los escalones, lista para decirle lo que pienso.

Channing está frunciendo el ceño en mi puerta principal.

—¿Geo hizo eso? —Él señala el picaporte abollado.

Me trago mi molestia. Lo que sea que esté sucediendo con Geo es más importante.

—Eso creo. No lo sé.

—¿Qué hay de estas? —Se agacha y señala los rasguños en la puerta y en el marco.

Están debajo junto al borde. No las habría notado si Channing no las hubiese señalado, pero ahora que lo ha hecho, lucen como una mezcla de un perro grande y un león de montaña rasguñando la puerta, rompiendo la madera vieja.

—Supongo. No me quiso decir qué sucedió. —Bajo los hombros. Toda esta mañana es un desastre. Quiero volver a la cama. Retroceder el tiempo, volver a cuando Geo era un bebé. Cuando Geoffrey estaba vivo y la vida era más simple.

Channing entra a mi casa como si fuera el dueño y levanta la camiseta rota de Geo. Baja la cabeza y la olfatea. Sus ojos brillan.

—Definitivamente un conejo, —anuncia—. ¿Cuántas veces se ha transformado? —Se pregunta sobre la tela destrozada.

—Ho-honestamente no sé. Encontré la puerta entreabierta y la camiseta en pedazos esta mañana. No quiso hablar de eso.

—Probablemente lo asustó. Luce como si se hubiera sorprendido, —dice—. Sintió la necesidad de salir, quizás se quitó los zapatos y los vaqueros. Pero la transformación llegó más rápido de lo que esperaba. Todavía tenía la cami-seta —Sostiene la camiseta y me muestra la forma en la que se estiró la tela, rota en el cuello—. Una vez en forma de lobo, no se detuvo. Sintió un conejo y lo fue a buscar. También lo atrapó. —Channing luce complacido.

Lucho por asimilar esta información. Aunque supuse que era algo así, la confirmación de Channing lo hace más real.

—Mi hijo es un transformista que no sabe qué le está pasando o cómo controlarlo.

Channing asiente.

Todo tipo de imágenes pasan volando por mi cabeza. Geo escapándose de la casa, hacia el bosque. Convirtiéndose en lobo. Corriendo entre árboles, sintiendo a los animales salvajes, cazándolos, matándolos...

—No puede ir a cazar solo en el medio de la noche. —Mi voz se eleva por el pánico—. No me parece bien.

—Está bien, —me calma Channing, buscando mis brazos y frotándolos—. Por eso estoy aquí. Me necesita.

Su caricia me desconcierta. Es mi cuñado. Mi cuñado *mucho menor*. Y esto se siente... un poco muy íntimo.

No su caricia. Mi reacción ante ella.

Porque ya no estoy viendo a Channing como un niño. Channing es un hombre.

Bueno, técnicamente no un *hombre* porque es *transformista*, pero *masculino*.

Asiento y doy un paso atrás, fuera de su alcance.

—Esto es una locura. Desearía que hubiera acudido a mí.

—Probablemente no quería molestarte. Y no estaba pensando como un humano. Pensaba como transformista. Como un lobo. El animal es más directo en sus cuestiones. Necesitaba estar en el bosque, así que fue. Quería cazar, y lo hizo. Esta propiedad es perfecta para eso.

—Eso dijo Geoffrey cuando la recorrimos con la agente de bienes raíces, —digo en modo automático—. Y unos cinco años atrás, alguien compró el resto de los lotes alrededor de nuestra casa. Se suponía que los desarrollaran, pero no lo han hecho, así que la calle sin salida es bastante privada.

—Bien, —dice Channing.

Volteo y me froto las sienes. Mi mente es un tornado de pensamientos, giran alrededor de la imagen de mi Geo, asustado y solo. Convirtiéndose en lobo sin saber o entender cómo funciona. Es mucho más intenso que mis sorpresas en la pubertad con tener el período por primera vez o que te crezca vello en lugares donde antes no lo hacía.

Me hundo en el sofá.

—Tiene trece.

—Está en la edad adecuada.

¿Y si fuera demasiado lejos y no pudiera encontrar el camino de regreso a casa? ¿Y si un cazador lo encontrara? ¿Volvería a transformarse? ¿Puede transformarse cuando quiere? ¿Y si fuera solo y se lastimara?

Geo es todo lo que tengo. Perdí a Geoffrey. No puedo perderlo a él también.

—Julia, —me llama Channing—. Julia.

Lo miro sin entender.

—Respira, —me alienta gentilmente e inhalo profundo.

Eso es. Channing se sienta a mi lado en el sofá. Los resortes chillan bajo su peso sólido y mi almohadón me inclina hacia él.

—Respira profundo. Estará bien.

—Es sólo un niño. Es demasiado joven. No puede andar solo por ahí. —Mi pecho se siente tenso. Allí crece mi ansiedad, bajo mi esternón. Si estuviera sola, lo frotaría.

Channing estira un brazo detrás de mí y lo apoya en la parte de atrás del sofá. No me está tocando, pero estoy envuelta en su calor.

—Lo sé. Por eso estoy aquí, —dice Channing, su voz grave es un océano calmo—. Esto es totalmente normal.

Mi respiración se calma. La mano de Channing flota encima de mi hombro, a centímetros, pero sin tocarme.

—No estará solo. Estaré con él. —Los ojos de Channing tienen bordes oscuros y marcas doradas que irradian desde la pupila. Hay un poco de pelo rubio en sus mejillas marcadas.

Es mucho más grande y ancho que yo, toma más que lo que debería ser su espacio en el sofá. Además de la chaqueta cazadora, lleva unos pantalones deportivos sueltos y unas botas negras. Sin camisa.

Frunzo la nariz.

—¿Por qué no llevas camisa?

Él se encoje de hombros y pone su expresión de *aw, rayos* que conozco muy bien.

Me enderezo, me muevo un centímetro hacia la izquierda, lejos de él. Es probable que dejara su camisa en la cama de alguna pobre mujer. Recuerdo que era un mujeriego cuando estaba en secundaria.

Es posible que le diera una noche para recordar y se escabullera antes del amanecer. Ahora podría estar despertándose y dándose cuenta de que se ha ido. Al menos dejó su camisa, pensará ella, recogiéndola para sentir su aroma. Es el único recuerdo que tiene del dios que le puso el mundo de cabeza anoche.

¿Por qué estoy pensando en Channing en la cama? Eso está mal.

Presiono las manos sobre mis mejillas. La piel arde bajo mis palmas.

—¿Julia? —Su mirada cae al anillo de casamiento que Geoffrey me dio.

No estoy segura de por qué lo llevo todavía. Al principio

no estaba lista para quitármelo. Luego era reconfortante, y lo llevé como escudo. A medida que pasaron los años, nunca lo quité.

Me levanto rápido del sofá y cruzo la habitación. Estoy muy cálida. ¿Esto es un bochorno? Debe ser un bochorno.

—Tienes que irte. —Necesito tomar el control. Esto, lo que sea que esté pasando, tiene que frenar—. Ahora.

—Julia. —La orden suave de su voz me hace voltear. Se ha levantado del sofá y toda la habitación parece más chica —. No me iré.

—Bueno, eso es un cambio.

Su rostro se endurece y sé que le dolió el golpe. Me duele lastimarlo, pero usaré mis principales armas si debo hacerlo. Si eso es lo necesario para hacer que se vaya.

Porque no estoy segura de que sea el tipo de modelo a seguir que quiero para Geo. Puede ser un transformista, pero es salvaje y descuidado. Apareció aquí sin camisa y en motocicleta. ¿Quién hace eso? ¿Y por qué? Este tipo no tiene madera de mentor. Además, verlo es algo doloroso. Me recuerda a tiempo mejores.

A Geoffrey. A lo sola que estoy ahora.

—Lo arruiné, —dice—. Lo sé. Si pudiera volver el tiempo atrás, lo haría de otra forma. Pero estoy aquí ahora y estaré aquí para Geo. Y para ti. —Se acerca, invade mi espacio. Sus ojos recorren mi rostro.

No sé por qué agregó esa última parte, *Y para ti.*

No necesito nada de él.

Definitivamente no quiero que haga nada.

¿Cómo me veo para él? Ha cambiado tanto, pero yo también he cambiado. ¿Está dándose cuenta de cuánto envejecí? ¿De todas las arrugas que tengo? ¿Sigo siendo atractiva para algún hombre?

Mi columna se vuelve acero.

—Esta conversación terminó. Necesito volver al trabajo.

Por un segundo, se para allí y se avecina sobre mí. Es treinta centímetros más alto y tiene cuarenta y cinco kilos más de músculo en su marco delineado. Quizás noventa kilos.

No hay forma de que pueda echarlo. Podría levantarme con una mano. O llevarme como un bombero adonde quisiera. Si me quejara, me golpearía el trasero. Me bajaría otra vez, me taparía la boca, me ataría. Probablemente haya aprendido todo tipo de movimientos y formas de restringir movimientos del enemigo en el ejército.

Em... guau. ¿Por qué estoy pensando así sobre Channing?

Mi cuerpo tiembla. Me pongo tensa para ponerlo bajo control.

Una de las cejas de Channing se levanta. Inhala de forma pensativa mi aroma.

Me aclaro la garganta y levanto el mentón.

—Te dejaré trabajar, pero esto no ha terminado. —Channing se va hacia la puerta, pero frena con la mano en el marco—. Geoffrey me dijo que cuidara de su familia. Eso haré.

La burla se escapa de mi garganta. Un poco tarde.

—Estuvimos bien por más de una década. No te necesitamos.

Él abre la boca para decir algo.

—Cierra la puerta al salir.

Con una última mirada, lo hace. Me apoyo contra la pared. Estoy temblando, el sudor cubre mi espalda.

Se ha ido.

Eso es bueno.

Debería sentirme aliviada. Pero en vez de eso la incomodidad sube por mi columna. Jugué mis cartas muy mal.

Channing es literalmente la única persona que conozco que puede ayudarme y guiar a Geo ahora mismo. Hacer que se alejara probablemente no sea la mejor idea.

Puede que lo haya arruinado.

* * *

Channing

Está igual de hermosa que siempre. Cabello oscuro y sedoso, ojos negros que tienen fuego. Cuando me acerqué a Geo, pensé que me mostraría los dientes y me gruñiría como una mamá loba.

Verlos de cerca y en forma humana no es lo mismo que mirarlos por la cámara o merodear detrás de su casa como un lobo. Geo es más grande, alto, su grasa de bebé se ha ido. Su voz es más grave. Está pasando el umbral entre chico y hombre.

Se parece mucho a mi hermano, es un golpe en el estómago.

Y Julia... Julia lo es todo. Todo lo que siempre quise. Todo en lo que he pensado en estos últimos diez años. Su rostro ovalado y delgado, su cuerpo tonificado. Su aroma, más complejo de cerca, es una revelación. Todos los sentimientos que suprimí se elevan como el ave fénix, queman mi interior con fuego. No queda nada de mí y mis defensas.

Es peligroso acercarse tanto. Pero estoy acostumbrado al peligro. Tengo que soportarlo, por el bien de Geo. Esta será la misión más difícil que he tomado.

Julia cree que ganó esta ronda. Bajo por la entrada, escuchando sus movimientos en su hogar. Odio dejarla, pero necesito provisiones.

Tengo un teléfono descartable, pero tendré que comprar ropa. Es hora de pedir todos los favores que me deben.

Tengo trabajo que hacer. Una familia que proteger. Que reclamar.

Estuvimos bien por más de una década. No te necesitamos.

Cuando murió mi hermano, tenía diecinueve. Un hombre-niño. Egoísta e irresponsable. Ese es el Channing que conoce Julia. Ella me culpa por desaparecer y lo entiendo. Lo ve como una prueba más de mi egoísmo. Ella no sabe y no sé cómo explicarle por qué tuve que irme entonces.

Pero que se enoje y piense lo peor de mí es probablemente mejor. Ella es la pareja de mi hermano. No es mía para reclamarla, sin importar lo mucho que mi lobo la desee.

Capítulo Cuatro

*J*ulia

Tras los eventos de esta mañana, es un milagro que llegue a mi primera reunión de Zoom, una revisión de contrato, a tiempo. Me mudé a Flag inmediatamente después de estudiar abogacía para brindarle asesoramiento legal a una organización sin fines de lucro sobre protección de derechos en agua indígena y trabajé allí por casi doce años. Pero cerraron el año pasado, así que tomé un trabajo lucrativo, pero menos enriquecedor para trabajar desde casa como asesora privada para van den Berg.

Cuando Geo haya crecido, quiero volver al sector sin fines de lucro para poder hacer una diferencia en la comunidad. Trabajar en contratos para un billonario excéntrico no es realmente el propósito de mi vida.

Mi corazón sigue sobresaltado por la pelea con Channing esta mañana. Cuando Geoffrey estaba vivo, él se encargaba de su hermano. Channing era un desastre, tenía problemas en la escuela, desaparecía los fines de semana y aparecía a la hora de la cena con dos ojos negros curándose y evidencia de quemaduras de asfalto sanándose sobre su espalda descubierta. Channing también perdía mucho la camisa en ese entonces. Ninguna actividad peligrosa estaba fuera de límites. Clubes de pelea, carreras de bicicletas, trepar a torres de agua para nadar a medianoche; era un milagro que Channing no estuviera detenido. Siempre lograba zafarse de las consecuencias sin nada más que esa sonrisa con hoyuelos.

Excepto de su hermano.

Geoffrey siempre vio más allá de su encanto. Llamaba a Channing a un lado después de la cena. Juntos lavaban los platos y guardaban la comida mientras Geoffrey le hablaba de responsabilidad y buen comportamiento.

Mirar esas charlas serias pero gentiles me hacía saber que Geoffrey sería un buen padre.

Pero Channing... no parecía importarle su propia vida o el desastre que causaba a su alrededor.

Y ahora ha vuelto, si pasar a pelear por quince minutos cuenta como regresar.

Me concentro en el trabajo inmediato. La revisión de contrato es para una de las muchas empresas de mi jefe. El asesor de la otra empresa tiene una voz seca como polvo que sigue y sigue. Luzco seria para la cámara, finjo estar escuchando y asiento cuando es apropiado. Mayormente, mantengo un oído atento al sonido de una motocicleta en mi entrada.

Esto no terminó.

¿Volverá?

¿Quiero que vuelva?

Channing podría ayudar a Geo en sus transformaciones. Pero cualquier ayuda suya podría ser más nociva que beneficiosa. Sólo puedo imaginarme los malos hábitos que le enseñaría a Geo. Escaparse de la casa, correr en el bosque a toda hora; Channing parecía creer que todo estaba dentro de un comportamiento normal. Geo necesita a alguien que le enseñe a transformarse responsablemente, no a meterse en problemas. Channing no sería una buena influencia.

Y cuando se pone muy difícil, seguro se iría. No es el tipo de persona que toma responsabilidades. No quiero que Geo se encariñe con él y luego tenga el corazón roto. O peor, que lo vea como un modelo a seguir y haga algo descuidado o peligroso.

Tomo un bolígrafo con tanta fuerza que se quiebra y arroja tinta en mi blusa. Por suerte, puedo ajustar la computadora para que la cámara sólo muestre mi rostro, no mi ropa manchada. Cuando termina la reunión, me cambio y me cepillo el cabello. Por nada en especial. Definitivamente no estoy pensando en tener a Channing de nuevo en mi casa.

Dios, ha pasado tanto tiempo desde que murió Geoffrey. Debería haber salido y tenido citas. Quizás habría conocido a alguien. Entonces no estaría tan enojada por la llegada del hermano *mucho menor* de mi esposo fallecido. ¿Qué me sucede?

Me miro fijo al espejo. No reconozco a la Julia que me mira. Sus mejillas están ruborizadas como si hubiera estado bebiendo en el día. Luce medio salvaje.

Más pruebas de que Channing es una mala influencia. Quince minutos en su presencia me afectaron mucho más de lo que deberían.

Dijo que quería ayudar. Cumplir la promesa que le hizo a su hermano.

Qué típico y absurdo de Channing llegar, a medio vestir, y fingir que será el Sr. Responsable. Cómo se atreve a parecerse tanto a Geoffrey y a Geo, las dos personas que más amo. ¿Cómo se atreve a verse tan sensual?

O quizás sólo estoy enojada conmigo misma por sentirme atraída hacia él. O sea, eso es... alocado. Debo estar extrañando a Geoffrey y Channing es lo más cercano que he visto a él.

¡Pero es diez años menor que yo!

Cuando terminan mis reuniones matutinas, descargo mi agresión en un contrato mal escrito, lo hago pedazos en los comentarios, presiono las teclas con tanta fuerza como para romper las teclas. Ni siquiera mi pausa de yoga a media mañana calma mis nervios.

Geo llega a casa a mitad de una de mis reuniones de la tarde. Para cuando puedo verlo, está instalado en su habitación, con los auriculares puestos, haciendo tarea.

He estado tan distraída, olvidé planear la cena o llamar a la escuela actual de Geo para pedir que envíen sus registros a la nueva escuela privada a la que asistirá, gracias a mi nuevo jefe. También culpo a Channing por esto. Una mirada a través de las ventanas del frente muestra una calle vacía.

Mi última reunión del día es con mi jefe, Mr. van den Berg. Un año atrás, su bufete principal de abogados me contrató para un trabajo. Estuvo tan satisfecho con mi trabajo que creó una posición a tiempo completo para mí. Me paga bien y se adapta a los horarios de una mamá soltera. Es más que nada negocios aburridos y contratos de bienes raíces. Los ricos tienden a tener todo tipo de negocios y partes en movimiento para esconder sus activos. Y el Sr. van den Berg es muy, muy rico.

A los sesenta y cinco, mi jefe está en buen estado físico, bronceado por su adicción al golf, con un rostro de abuelo amable y una barba que es más blanca que gris. Se une a la videollamada un par de minutos tarde y la pantalla me muestra la vista de su gran escritorio de caoba y un decantador de cristal lleno del escocés más caro del mundo. Él levanta su vaso a medio llenar como brindis, sus ojos oscuros brillan.

—Hola, Sr. van den Berg. Espero no interrumpir algo importante, —bromeo porque ya teníamos planeada esta reunión. No es secreto que tiene una cita diaria a las cuatro en punto con un vaso de whisky.

—Para nada, para nada. Me disculparás por mi pequeño atrevimiento, —bebe un sorbo.

—Por supuesto. Honestamente, necesito uno de esos. Ni bien termine mi día laboral, me serviré una copa de vino.

Mi jefe luce preocupado.

—¿Día largo, Sra. Armstrong?

—No, el trabajo va bien. Desearía que el resto de mi vida fuera tan manejable.

—Ah. —El Sr. van den Berg apoya su vaso—. Espero que Geoffrey Jr. no le esté dando problemas. Tiene esa edad.

—Sí, la tiene. —Sonrío un poco.

—Es un buen niño. Se está convirtiendo en un buen joven. Espero no extralimitarme cuando digo que les tengo cariño a ustedes dos.

—Ha sido más que generoso. —Con la ayuda de mi jefe, Geo estará en una escuela privada exclusiva, Woodman Prep. La cuota es cara, pero mi nuevo salario generoso la cubrirá. Lo más importante es que la recomendación del Sr. van den Berg le asegura un lugar a Geo—. No puedo darle las gracias lo suficiente por todo lo que ha hecho.

Mueve una mano.

—Fue un placer. Has hecho un buen trabajo como madre, pero un niño en crecimiento necesita un buen ejemplo. Un desafío, más responsabilidad. Un ambiente robusto. Tendrá eso en Woodman.

—¿Fue ahí cuando era niño, verdad?

—Sí. No te preocupes, han modernizado el lugar. Todas computadoras, tabletas y sedes de deporte nuevas.

En realidad, no fue la tecnología STEM lo que me atrajo a Woodman. Tiene bastante de eso en su escuela actual. Fue su gran campus abierto y las actividades de aprendizaje al aire libre.

—Geo está emocionado por la clase de ciclismo en la montaña.

—Ah, sí, eso es lo que necesita, mucho ejercicio. ¿La escuela recibió mi recomendación?

—Sí, y estamos tan agradecidos...

Desestima mi gratitud.

—Entonces está resuelto.

Asiento, aunque no todo está resuelto. Sigo teniendo que organizar mi primer pago y la transferencia de los registros de Geo. Todo está en mi lista de cosas por hacer.

—Es un buen chico, —dice el Sr. van den Berg—. Su padre estaría orgulloso.

—Gracias por decir eso.

El sonido de una moto afuera me hace voltear la cabeza. Mi oficina en cada es una tercera habitación en desuso que da a la calle sin salida. Hay una camioneta brillante y roja que se acerca a la casa, llega una casa rodante con una moto-cicleta que luce familiar.

No puedo evitar fruncir el ceño.

—¿Está todo bien?

—Discúlpeme, Sr. van den Berg. Alguien acaba de llegar a mi casa.

La camioneta estaciona en la entrada y bloquea mi coche.

—¿Compañía sin invitación?

—Algo así. —Estiro el cuello. No puedo ver quién salta

de la camioneta roja y golpea la puerta, pero puedo adivinarlo—. El tío de Geo está de visita en la ciudad.

—¿Tío? —Las cejas tupidas del Sr. van den Berg se juntan—. No sabía que tenía un tío.

—Por parte de su padre. No lo hemos visto en unos años.

—Ya veo. Bueno, será mejor que no lo haga esperar mucho. ¿Comenzamos?

Me pongo a trabajar y me concentro en revisar la lista de cosas que mi jefe debe mirar y tomo nota de sus críticas y preferencias. Terminamos unos minutos más temprano.

—Compilaré esto y le enviaré los documentos para que los firme, —digo.

—Sin apuro. No revisaré el correo hasta mañana. Ve a recibir a tu invitado.

—Gracias, señor. —Me desconecto sintiéndome culpable.

El Sr. van den Berg es tan amable. Escribo un borrador rápido de mis notas de todas formas y lo programo para que salga de mi casilla a primera hora de la mañana. Luego me paro y acomodo los hombros.

Hora de decirle todo lo que pienso a Channing.

La gran camioneta roja sigue en mi entrada. No puedo ver a Channing, pero hay herramientas sobre una lona que está mitad encima, mitad fuera de mi césped. Hay un ruido de golpes, seguido por el chillido de una herramienta eléctrica.

¿Qué está haciendo?

La puerta de Geo sigue cerrada. Es probable que ya haya terminado su tarea y esté jugando videojuegos. Con los auriculares puestos, está su propio mundillo.

Lo que es bueno. No me escuchará soltarle la bestia a su tío.

Channing está agachado junto a mi puerta entreabierta. Una vez más, no lleva camisa. El sudor brilla sobre los asombrosos músculos de pecho y espalda.

Mira hacia arriba y nuestros ojos se encuentran. Verde y dorado con bordes oscuros. Me tropiezo sobre un bolso gastado color verde militar.

—Cuidado, —me advierte Channing, demasiado tarde.

Me detengo y hiervo, controlo mis pensamientos. Pateo el bolso, pero es demasiado pesado para salir volando así que lo deslizo con el pie fuera del camino.

—¿Qué estás haciendo aquí?

—Arreglando el picaporte. ¿Ves? —Da un paso atrás y hace un espectáculo de girar el nuevo picaporte brillante—. Ahora puedes cerrar bien la puerta.

Tiene razón, la puerta está arreglada. Algo en mi lista de cosas por hacer a la que habría llegado, algún día. Seguramente no hoy.

Le agradeceré luego de asesinarlo. *¿Por qué no tiene camisa?*

—Channing...

—No es necesario que me agradezcas, —dice antes de poder decirle lo que pienso—. Te faltan algunas tejas en el techo. Haré eso después. Y pedí una pizza para la cena. Espero que esté bien.

Estoy jadeando por la irritación, pero no puedo seguir. Picaporte, tejas... ¿pizza?

—¡No!

Él inclina la cabeza.

—¿No te gusta la pizza? También pedí alitas picantes.

—No puedes sólo aparecer aquí y... —muevo las manos. Soy abogada. Utilizo vocabulario complejo todo el día. Channing hace que me quede completamente sin palabras. Puede que sea el no tener camisa. Su pecho está cubierto de vellos rubios enrulados. O sea, igual no estoy mirando el vello de su pecho. *¡Para nada!*

Se endereza y da un paso hacia mí. La luz del sol que se arquea sobre su hombro hace que su cuerpo tonificado brille. Es una vista que haría desmayarse a un fotógrafo de Vogue.

¡Deja de ser una pervertida con tu cuñadito! Estoy perdiendo mi enojo.

La luz destaca sus largas pestañas y resalta el dorado de sus ojos.

—Te lo dije esta mañana. Me necesitas, Julia.

Agh. Lo necesito como necesito una bala en la cabeza. Bueno, puede ser un poco exagerado, pero su arrogancia es sorprendente. ¿Como si debiera estar feliz porque por fin decidió agraciarnos con presencia y ayudar con algunas tareas de reparación? No lo creo.

—No, en realidad no. —Cruzo los brazos sobre mi pecho e intento resistirme al encanto de Channing. Y de sus ocho pares de abdominales. Es difícil cuando los vellos dorados de su pecho brillan con el atardecer. Cuando literalmente estoy teniendo un momento de *Magic Mike* aquí en mi porche.

—No, —vuelvo a insistir, pero suena a que me estoy autoconvenciendo—. Te dije que te fueras.

—Y lo hice. Y luego regresé.

—Quise decir que te fueras de forma permanente.

He dado un par de pasos hacia adelante y Channing y yo estamos a centímetros de distancia. El calor de su cuerpo vibra entre nosotros. Huele a naturaleza, fresco y salvaje. Una gota de sudor baja por el centro de su pecho y sigue el canal y los contornos de sus músculos. Ahora estoy enojada de notarlo.

—No sucederá, tesoro.

El viejo apodo me da una sensación de anhelo, por el pasado. Cuando tenía a Geoffrey. Cuando Channing era el joven amable y salvaje que vivía con nosotros. Solía decirme tesoro porque mi nombre parecido a *Jewel* en inglés y le parecía lindo.

Pero el anhelo se transforma en algo diferente. No por el pasado; por algo diferente. Como si quisiera que Channing llenara el vacío que dejó Geoffrey. Pero eso está mal. Además, no se puede confiar en Channing.

—No te necesito, —afirmo, aunque es una mentira. No te necesitamos.

Channing se inclina hacia atrás y me observa, todo mi metro cincuenta, y cinco centímetros de irritación.

—Estás mintiendo. —Se toca la nariz—. Puedo olerlo. Me has necesitado por un buen rato.

—Quizás hace una década. Pero ciertamente no ahora. No me echaré atrás. Los abogados nunca lo hacen.

—Entonces y ahora —suena arrepentido—. Tengo mucho que compensar. —Se aleja y vuelve a la puerta y a guardar sus herramientas.

—No puedes... no... no hay forma de compensar nada. Te dije que te fueras. Este es mi hogar.

—Y el de Geo. ¿Le preguntarás a él?

—Tampoco quiere saber nada de ti.

—No me conoce. Y me necesita ahora mismo.

—¿Y de quién es la culpa de eso?

—Mía. Es mía, Julia. Es todo mi culpa. Y lo siento.

Su disculpa me deja sin aliento. Channing nunca se disculpó por las cosas bobas que hizo. Quizás haya crecido un poquito.

—No puedes simplemente aparecer y decir que harás las cosas bien.

—Lo sé. Y me probaré a mí mismo ante ti. Dices que no me necesitas, pero necesitas alguien que repare cosas.

Cruzo los brazos sobre mi pecho.

—Tengo quien lo haga.

—¿Entonces qué sucede con las tejas? —Se aleja de la casa y baja los escalones para mirar el techo. Debería cerrarle la puerta en la cara y poner la llave, pero eso no detendría a Channing. Ha estado abriendo cerraduras desde que era adolescente.

Así que lo sigo hasta afuera para mirar el techo; no había visto que necesitaba trabajo.

—Tienes un par de años más antes de tener que reemplazarlo, —dice—. Pero no si no cambias las tejas. Puede que ya haya daño de agua.

Ah. Bueno, eso lo explica.

Rechino los dientes.

—Llamé a un techista hace unos años. Trabajó dos días que le pagué y nunca regresó.

Los ojos de Channing brillan.

—¿Cómo se llama?

—¿Por qué?

Se cruza de brazos y hace que sus bíceps se vuelvan incluso más grandes. Intento no mirarlos. *Dios*, son grandes.

—Tendré una charla con él.

—No importa. Puedo buscar un nuevo techista. Está en la lista de cosas por hacer.

—¿Qué más hay en la lista?

—No es de tu incumbencia.

—Te equivocas. Es de mi incumbencia. Lo estoy haciendo de mi incumbencia.

—Ya me ocuparé, —insisto. Odio sentir que tengo que darle explicaciones, pero así es—. Contratar gente lleva tiempo. Y dinero.

—¿Qué pasó con el dinero que te envié?

—¿Los sobre con efectivo? Lo uso para comida, restaurantes, cosas así.

—¿Eso es todo? Julia, son cientos de miles de dólares...

—Lo sé, —digo de mala manera—. Y no sabía cómo los obtenían o si era legal. No sé cómo gastarlo. No puedo entrar a un banco y decir, «Aquí hay una bolsa llena de efectivo, por favor paguen mi hipoteca».

—¿Por qué no?

—¡Porque no se hace! —Levanto las manos—. La gente normal no anda con bolsas llenas de billetes. Parecería que me encargo de un cartel.

Channing gruñe.

—No lo pensé.

—Por supuesto que no. Porque *no piensas*.

—Estoy acostumbrado a pagar en efectivo. Y sí, era legal. Te lo dije, ahora trabajo en el sector privado. Es un trabajo de mucho riesgo, lo que lo hace lucrativo. Pero tienes razón, no todos están acostumbrados a lidiar con fajos de efectivo. Pero hay gente que sí. Por ejemplo, este camión. —Señala con el pulgar detrás de él—. El tipo que me vendió el tráiler lo tenía estacionado en su propiedad. Le dije que quería comprarlo, me dijo que pusiera un precio.

—¿Lo compraste hoy?

—Después de hacer mis mandados. Por eso tardé un rato en regresar aquí.

—Así... no se compra un camión. ¿Qué hay de los antecedentes vehiculares? ¿Informes de accidentes? ¿El certificado de propiedad?

Él se encoje de hombros y el movimiento hace que todos mis músculos se relajen. Tiene más de lo que le corresponde. Ocho pares de abdominales con una escalera pequeña de músculos a los costados y una v pronunciada que lleva a la cintura de sus pantalones deportivos.

Dios... aparto los ojos de ellos.

—Estará bien. Te preocupas demasiado. ¿Le has enseñado a conducir a Geo? —Se agacha para tomar su caja de herramientas.

Se me salen los ojos para afuera.

—¿Qué? Por supuesto que no. Tiene trece.

—Bueno, ahí está. Puedo enseñarle.

—¡Es demasiado chico!

—Necesitará practicar antes de que le den la licencia. Puede no ir por el camino.

—De ninguna forma, —digo entre dientes—. Puedes usar el camión para largarte de aquí.

—Denegado. —Me muestra los hoyuelos con un guiño. Es suficiente para que una que sea menor mujer se vuelva más débil. Me mantengo firme. Bueno, lo intento.

Channing vuelve a llevar su caja de herramientas al camión y gira para verme. Sus hoyuelos no aparecen, pero están flotando cerca. ¿Mi irritación lo entretiene?

Normalmente soy una persona tranquila, calma y serena. Debato para ganarme el pan. Sólo necesito exponer mi argumento, dar mi punto de vista. Pero Channing luce listo para una sesión de fotos, se inclina contra el camión de esa forma. Es desconcertante. Además, está el hecho de que se parece a Geoffrey. Debe ser eso. Sólo me saca de lugar ver a alguien tan similar al amor de mi vida.

—¿Compraste un camión, pero no pensaste en comprar una camisa?

Ni bien salen las palabras de mi boca, sé que fue un error. Aparecen los hoyuelos.

—Compré una camisa. ¿Ves? —Hay una camiseta tirada sobre la ventana abierta de su nuevo camión. La recoge y se la pone sobre el torso. La tela suave se amolda de forma favorecedora a su silueta. Es dos talles muy pequeña.

Él abre los brazos.

—¿Mejor?

Luce como un modelo de colonia en la revista GQ. Cubrirse el pecho no cambia su atractivo. Las venas y la fuerza marcada de sus antebrazos son suficientes para mí. Sin mencionar sus manos.

Oh Dios, sus manos.

Aparto los ojos y finjo fruncir el ceño mirando la puerta.

—No tenías que arreglar esto.

—Sí, tenía que. Y reemplazaré el viejo sistema de seguridad. A uno de última tecnología.

—No tenemos un sistema de seguridad.

—Sí, lo tenían.

Abro la boca para discutir, pero el chillido de llantas me interrumpe. Un Honda Civic golpeado con un cartel de pizza en el techo chilla hasta llegar a la calle cerrada. Un adolescente de pelo grasoso se baja con los brazos llenos de una bolsa roja para entregar.

—¿Pedido de pizza?

—Sip. Lo tengo. —Channing toma las cinco cajas y las apoya sobre el camión mientras saca la billetera—. Aquí tienes. —Le da al repartidor dos billetes de cien dólares.

—¡Gracias, amigo! —El chico se va.

—¿Ves? Efectivo. —Mueve su billetera—. Es fácil. ¡A comer! —Toma las cajas de pizza y pasa a mi lado, derecho hacia mi casa.

* * *

Channing

Apoyo las pizzas sobre la mesa de la cocina y abro las tapas para ver cuál es cuál. Inhalo el aroma a pepperoni y salchicha, más que nada para quitarme el olor a lavanda y lilas que me está enloqueciendo. Tengo el pene tan duro que apenas puedo pararme derecho. Lo obligo a desinflarse, pero es una tarea imposible con Julia alrededor. En cualquier momento entrará a la cocina y me peleará. No es que no lo merezca. Eso también puede ser divertido.

Hoy ha salido mejor de lo que imaginé. No puedo ganarle en una discusión, así que sigo cambiando de tema para desorientarla. Le digo cómo serán las cosas en vez de pedirle permiso. Nunca me lo dará. Tengo que convencerla.

No ayuda que cada vez que abre la boca, quiero ponerla sobre mi hombro como un hombre de las cavernas, tirar abajo la puerta de su dormitorio y reclamarla. Si supiera las imágenes pornográficas que pasan por mi cabeza, se alejaría corriendo y gritando. Y eso no nos llevará a ningún lado.

Primero, la cena familiar. Luego una conversación con Geo. Estoy aquí por Geo. Tengo que ayudar a Geo. Esas marcas de arañazos en la puerta no eran broma. ¿Estuvo atrapado en forma animal por un tiempo, frustrado y asustado, sin saber cómo volver a transformarse en humano? ¿Cómo volver a entrar a su propia casa?

La idea es un balde agua fría para mi lívido. Esta es una misión, necesito tratarla así. No es una oportunidad de reconectarme con Julia y hacerla entender por qué me mantuve alejado todos estos años.

Ciertamente no es una oportunidad de vivir todas mis fantasías.

Por años, he estado masturbándome con la idea de Julia. Tríos, MILFs sensuales, porno, lo intenté todo para sacarla de mi cabeza. Una vez me fui de una orgía para masturbarme en el baño. Cerré los ojos e imaginé a Julia. Sus ojos oscuros, sus labios carnosos, su rostro de forma ovalada. Es lo único que me sirve.

La idea de que pueda haberlo superado con los años. De encontrar a mi propia pareja en vez de ser un pervertido con la de mi hermano. Pero ahora que vuelvo a estar en su presencia, me doy cuenta de que no sucederá.

La versión de Julia de la vida real es suficiente para ponerme de rodillas.

Destino, tengo que controlarme. Qué mal que mi lobo piense que todas estas peleas son juego previo.

Se cierra de un golpe la puerta principal y me preparo.

Julia entra a la cocina. Hay dos círculos brillantes sobre sus mejillas. Prácticamente larga humo, como un toro. Qué ardiente.

Volteo para esconder mi sonrisa y mi erección y tomo unos platos del lavavajillas. Ella se detiene, me mira como si no me reconociera. Pongo la mesa y sigo descargando el lavavajillas, lo tengo entre ella y yo en caso de que se me abalance.

Es momento de iniciar las maniobras básicas de batalla: desviar, distraer, danzar alrededor del lobo en la habitación.

—Tengo cinco pizzas. Espero que sea suficiente

Ella se ahoga.

—¿Te parece?

Sarcasmo, es bueno.

—Una y media para Geo. —Señalo las pilas—. Dos para mí. ¿Comes más de media?

—No. —Puedo escuchar que rechina los dientes desde aquí—. Te pedí la pizza de parmesano y berenjenas con albahaca extra. ¿Sigue siendo tu favorita?

Ella pestañea. Una vez más la dejé sin palabras por el asombro. Y todo por un acto básico de cortesía.

Fui un pendejo de joven. Mi hermano me mudó aquí para que viva con él después de enterarse de que me estaba yendo mal en la escuela. Geoffrey era responsable, un alfa natural, desde el nacimiento. Yo era el opuesto. No malo o malvado a propósito, sólo un completo desastre.

Julia es una buena chica. Seguro se sacaba puro diez en toda la carrera de derecho. Nunca salía hasta tarde o iba a demasiadas fiestas. Sin hablar de las carreras, probablemente nunca haya conducido por encima del límite de velocidad. Dudo que se haya bañado desnuda bajo la luna llena. Mi comportamiento siempre la asustó.

—Si tenemos sobras, pensé que podríamos comerlas en el desayuno. La pizza fría es mi desayuno favorito.

Ella escupe.

—Eso no... no vamos a...

Me da la sensación de que la pizza fría no es un desayuno apropiado en el mundo de Julia.

—O puedo hacer unos huevos, —ofrezco—. No soy un gran cocinero, pero es difícil cagarla con los huevos.

—La boca, —gruñe.

—Perdón. ¿Hacer una comida de mierda? ¿Arruinarlos?

Mierda, ¿cómo hablo sin maldecir?

Ella sigue tartamudeando. Abro un cajón y ordeno los cubiertos.

—No cambiaste la distribución de la cocina, —comento, y la encuentro de nuevo con la guardia baja—. Sé dónde está todo. Perdón si me tomé el atrevimiento de la pizza. Mi idea era que no tengas que alimentarme. Puedo dormir en el piso. Tengo mi equipo. —Muevo el mentón hacia la habitación del frente en donde está mi bolso.

—No vas a... no puedes... No te dejaré quedarte aquí.

Es hora de sacar la artillería pesada. Busco en el estante de los vinos y saco una botella de tinto.

—Cabernet Sauvignon, —leo y probablemente pronuncie muy mal el francés—. ¿Te gusta una copa con la cena, verdad? —Quito el corcho y busco una copa de vino. La sirvo y avanzo, sostengo la copa como una ofrenda de paz. Puede que ella me golpee, pero no se arriesgará a derramar el vino.

Espero.

Con esfuerzo, toma la copa y la apoya sobre la mesa antes de voltear hacia mí.

—¿Qué parte de *déjanos en paz* no entiendes? —Su voz es grave y peligrosa.

Cierro el lavavajillas y me acerco a la mesa; apoyo las manos en el respaldo de una silla. Tiene el mismo juego gastado de roble que compró Geoffrey en una venta de garaje cuando me mudé.

—Julia. —Mi voz es grave y paciente—. Tienes que aceptar que me quedaré un rato. Ayudaré a Geo...

—No. —Ella levanta una mano, pero yo continúo—, y arreglaré tu casa y haré lo que sea que necesites en tu lista de pendientes. Reemplazaré las tejas, mejoraré tu sistema de seguridad...

—No tenemos un sistema de seguridad, —dice.

Hora de admitirlo.

—Sí, lo tienes. Lo instalé cuando llevaste a Geo a Disneyland.

Sus cejas se juntan.

—Eso fue hace años.

—Sip. Justo después de volver de una misión. Quería poder ver la casa.

—¿Me estás diciendo que instalaste cámaras en mi casa?

Asiento.

Sus fosas nasales se agrandan. Si fuera dragón, escupiría fuego.

—¿Dónde?

—En todas partes. Tenía que cuidarlos cuando me iba en misiones. Antes de eso, contraté a un amigo para que los mirara. Puede que lo hayas visto de vez en cuando. Un tipo grande, conducía una Charger vieja.

Ella pestañea.

—¿La Charger mal pintada que solía estacionarse al final de la calle cerrada? ¿Con la pegatina que decía «Qué viaje largo y extraño que ha sido»?

—Esa misma. Ese es Buddy.

—Pensé que estaba abandonada. Llamé muchas veces al condado para que la recogieran. Pero cada vez que venían, se iba.

—Sí, lo molestaba eso. Le gusta dormir en el coche.

—Entonces nos estaba mirando. Y ahora tienes cámaras. —Mueve una mano—. Aquí dentro. Mirándonos.

Ella no lo está tomando bien. No lo entiende.

—Le prometí a Geoffrey que cuidaría de ustedes. No podía hacerlo si estaba en la otra punta del mundo...

—Geoffrey... —murmura y niega con la cabeza—. ¿Entonces nos espiaste?

—No fue así.

—Pusiste cámaras en mi hogar...

—Para mantenerlos a salvo, Julia. No hay nada que no haría para mantenerlos a salvo.

* * *

Julia

No puedo creerlo. Está parado en mi cocina, diciéndome que nos tenía vigilados.

Todos estos años y no se molestó en aparecer. Pero instaló cámaras. Podría cruzar la cocina y tomar la escopeta que tengo cargada. No es una bala de plata, pero dolería.

No llegué a la puerta antes de que me detuviera, pero lo intenté.

Levanto una mano temblorosa y señalo la puerta.

—Sal de aquí.

—Julia, escucha...

—No, no más. Me cansé de hablar. Tienes que irte ahora mismo. —Mi voz se eleva a un grito.

—¿Mamá? —La voz de Geo se quiebra a mitad de la palabra. Está parado en las escaleras, descalzo—. ¿Qué sucede?

—Geo. —Bajo la voz y la tranquilizo—. Todo está bien.

Channing voltea hacia Geo y le guiña el ojo.

—¿Qué está haciendo aquí? —Hay un brillo extraño en sus ojos y su voz suena poco natural. Gruñona.

—Está bien. —Me apresuro a darle la vuelta a la mesa, pero Channing levanta una mano y me bloquea el paso.

—Julia, hazte atrás.

Abro la boca para discutir, pero los ojos de Geo brillan y sus fosas nasales se abren. Su lobo acecha allí, debajo de la superficie.

—Tranquilo, Junior, —dice Channing.

—No me llames así. —La voz de Geo baja una octava a un registro más grave y se vuelve el gruñido de un lobo.

La piel de gallina aparece en todo mi cuerpo. Ese sonido, viniendo de mi niño... suena a un animal salvaje. Un lobo.

—Tu mamá y yo estábamos discutiendo, —dice Channing en voz baja y calmada—. Está enojada conmigo, ¿puedes olerlo? Yo la ca... lo arruiné, y estamos lidiando con eso. Pero todo está bien. —Da un paso al frente y se para con más firmeza entre Geo y yo—. Comeremos pizza, ¿ves?

Geo inclina la cabeza en un movimiento fluido. Su cuerpo se va hacia adelante como si fuera a ponerse en cuatro patas. Un quejido sale de su garganta.

—Así es, Geo. —Obligo a mi voz a ser agradable, pero me tiembla un poco. Necesito controlar mis emociones.

La mano de Geo toma la baranda con tanta fuerza que algo cruje. ¿Eso es pelaje que crece junto a su muñeca?

Respiro profundo.

—¿Geo?

El cuerpo de mi hijo se va hacia adelante y se sacude como si su columna no estuviera bajo su control.

No puedo evitar entrar en pánico. Avanzo, pero me obligo a detenerme. Quiero ir hacia Geo y ayudarlo, pero no puedo hacer nada.

—Geo, —dice Channing con voz firme—. Todo estará bien. Hay mucha energía recorriendo tu cuerpo ahora mismo. Ese es tu instinto de proteger a tu mamá. Saca tu lobo hacia la superficie. Tu lobo siempre saldrá a la superficie cuando haya peligro. O cuando estés enojado. Y algún día, cuando encuentres a tu pareja. Pero tu mamá está a salvo. Así que tranquiliza al lobo.

—No... no puedo, —se ahoga, pero las palabras salen más como un gruñido que como algo dicho por un humano.

Los dientes de Geo crecen demasiado para su boca.

Me sorprendo y su mirada se mueve a mí, sus pupilas se achican y sus iris brillan. Su mandíbula se abre y gruñe. Me estremezco, todo mi cuerpo se congela, siente a un depredador en la habitación.

Channing me busca detrás de él y me mueve hacia atrás. Luego avanza y bloquea mi visión de mi hijo con su cuerpo.

—Bien, Geo. Simplemente tendrás que transformarte y correr para gastar esta energía entonces.

Geo gruñe-se queja, el sonido de un animal atrapado.

—Geo, —ordena Channing, su voz es profunda y retumba, de otro mundo—. *Transfórmate.*

El cuerpo de Geo llega al piso. No puedo ver qué sucede, pero los sonidos, quejidos y gruñidos y garras que rasguñan el suelo, son horribles. Me encojo detrás de Channing, mis dedos se hunden en su camiseta ajustada. No sé qué más hacer, sólo espero.

—Eso es. Tú puedes. —La voz de Channing está cargada de confianza—. Lo hiciste, amiguito.

Miro alrededor de los bíceps de Channing.

Un lobo blanco gigante está parado frente a las escaleras. Su cuerpo es del tamaño de un pastor alemán, pero su cabeza es incluso más grande. Es tan gigante, pero este ni siquiera es su tamaño total. En un par de años, será más grande que un lobo gris norteamericano.

Un verde escalofriante brilla y el lobo baja la cabeza.

Hay pedazos de su camiseta y sus pantalones deportivos tirados en el suelo a su alrededor. Al menos no llevaba zapatillas.

Channing se acerca despacio. Contengo la respiración mientras le ofrece una mano, pero el lobo de Geo no se agacha y salta o gruñe y muerde. Huele las puntas de los dedos de Channing y empuja su hocico contra ellos, luego los lame.

—Eso es, me conoces. —Channing voltea la cabeza y me sonríe y el hoyuelo me toma por sorpresa—. Reconoce mi aroma. Sabe que somos familia.

Presiono ambas manos contra mi rostro, como si pudieran contener todas mis emociones. Miedo, sorpresa, alivio, euforia.

Channing se arrodilla y pasa una mano por los costados del lobo.

—Buen trabajo, Junior. Sólo te trabaste un poco. La próxima vez será más fácil, lo prometo. Sólo toma práctica.

El lobo no sólo deja que Channing lo acaricie, se apoya contra él y se frota, chocando su hocico por todas partes. Channing se ríe y vuelve a mirarme.

—Es blanco, como Geoffrey.

El lobo mueve la cabeza contra el rostro de Channing y lo lame. La risa profunda de Channing hace eco en la habitación y llena las esquinas vacías. Corrige todos los errores.

—Vamos. Vamos a conocer a tu mamá.

El corazón se me sale del pecho, pero cuando Channing extiende una mano, la tomo y lo dejo poner mi palma sobre la espalda del lobo blanco. El pelaje es grueso y fuerte, pero más suave de lo que esperaba. Contengo el llanto.

—Es hermoso, ¿verdad? —Dice Channing.

—Tan hermoso.

—¿Ves? Nada de qué temer. —Channing sigue narrando con su voz fuerte y calma—. Las emociones fuertes pueden provocar el cambio y a los adolescentes les cuesta mucho controlarlas. Pero no te preocupes, aprenderás a hacerlo.

El lobo se queja.

—No, lo hiciste bien. Hiciste lo que se suponía que hicieras. Y estoy contigo ahora. Te ayudaré. —Channing se levanta y va hacia la puerta trasera—. Ahora deja que tu lobo corra. Es todo lo que necesita. Por aquí.

El lobo lo sigue, sus garras hacen clic sobre los azulejos de la cocina.

Salen por la puerta. Me quedo allí parada por un

momento antes de poder hacer que mis piernas temblorosas lo sigan.

Channing viene a verme a la puerta.

—Iremos a correr, —me dice con un tono firme que no da lugar a discusiones—. Tiene que acostumbrarse a su forma de lobo.

Asiento. Me oponía a esto, pero ahora que estamos en el momento y está sucediendo, estoy muy agradecida de que Channing sepa qué hacer. De que sepa qué decir y cómo guiar a Geo.

El lobo blanco ya está mitad de camino colina arriba y huele un árbol. Channing tenía razón. El lobo de Geo necesita estar en la naturaleza.

El lobo de Geo no. *Geo*. Es mi hijo en forma de lobo tanto como cuando es humano.

—Si vas a la camioneta, encontrarás muchas camisetas y pantalones deportivos. Los compré baratos. —Mira más allá de donde estoy hacia un círculo de ropa destrozada cerca de las escaleras y hace una mueca—. La próxima vez será más fácil. Cada vez, será más fácil.

—Eso es bueno. —Mi voz tiembla.

—Ey. —Channing pone una mano en mi mejilla—. ¿Estás bien?

—Estoy bien. —Estoy conteniendo las lágrimas, sobrepasada por todos los sentimientos, pero mientras Geo esté bien, viviré.

—Nada de qué preocuparse. No dejaré que nada te suceda, Julia. Lo prometo.

Capítulo Cinco

Channing

Camino hacia donde está Geo, quien huele la base de un pino y siente todos los visitantes animales en su territorio. Me devuelve a la mirada y saca la lengua.

—Adelante. —Muevo una mano para darle permiso—. Es tu casa, y sé que quieres hacerlo.

El lobo no pierde tiempo en levantar la pierna y marcar el árbol.

—Eso es.

El lobo termina y corre al próximo pino.

Respiro en la noche y la presión sobre mi pecho cede. Mi nariz todavía está invadida por el pánico de Julia. Hizo lo mejor que pudo, pero le tenía miedo a su hijo.

Hasta en este caso, la transformación de Geo salió mejor de lo que esperaba. Por un par de horribles segundos, estaba seguro de que Julia pasaría a mi lado y Geo se abalanzaría. No ayudó que todas nuestras emociones estuvieran a flor de piel. Parte de mí quiere regresar y calmar a Julia, pero lo mejor que puedo hacer para ayudarla es guiar a Geo. Ella estará bien.

Cuando volteo, Geo me está esperando cerca, mirando hacia arriba expectante.

—Ya voy —digo—. Iremos a correr un largo rato. Y no te preocupes, cuando llegue el momento, te daré la orden y tu lobo te dejará volver a transformarte sin problemas.

Quedarse atrapado es el peor miedo. Es difícil dejar que tu lobo llegue, se apodere de tu cuerpo. Una parte de tus miedos es nunca regresar. Los lobos nuevos a veces tienen dificultades en volver a transformarse.

Cada alfa se toma el tiempo de guiar a los lobos jóvenes de su manada. Cuando es hora, puede usar su voz de alfa para ordenarles a los lobos que se transformen, si es necesario.

No soy un alfa. Nunca lideré una manada. Pero cuando Geo estaba en problemas, le di la orden. De algún modo usé esa voz alfa. Ni siquiera sabía que podía hacerlo.

Me quito la camiseta, que es demasiado ajustada de todas formas, y me saco las botas y los vaqueros. El tema de los calzoncillos es sencillo cuando eres un hombre lobo. Entre menos ropa uses, mejor. Cuando estamos en una misión, llevamos bóxeres hechos de un material lo suficientemente flexible como para mantenerse cuando nos transformamos, así no nos atrapan con los miembros colgando en el viento al volver a la forma humana. Lo desarrollaron los militares cuando estábamos en el equipo de funcionarios transformistas. Supongo que nuestro gobierno pensó que los soldados desnudos en el campo serían inapropiados.

Respiro hondo y llamo a mi lobo. El Cambio me envuelve. El mundo se contorsiona, se sacude como si todo a mi alrededor cambiara en vez de mi propia perspectiva. Las cosquillas recorren mi columna.

No se supone que duela transformarse. A veces me da una leve sensación corta como se golpearme el huesito por error. Si estoy en una misión y me balean, esa es otra historia, pero transformarse puede curar más rápido las heridas. O más despacio, dependiendo en la gravedad.

Mis primeras transformaciones fueron dolorosas porque luchaba contra eso. Mi hermano me ayudó hablándome hasta que aprendí a relajarme. Transformarse debería ser tan sencillo como estornudar. Humano un minuto, lobo el siguiente.

Se lo diré a Geo cuando ambos estemos en forma humana, pero ahora es hora de correr.

Geo se está conteniendo, me da espacio para sacudirme las cosquillas del Cambio. Avanzo y froto mi cuerpo con el suyo. Él se mueve un poco y me devuelve la presión. Los lobos son cariñosos y necesitamos contacto. Geo necesita acostumbrarse a estar en su pelaje.

Una vez que terminamos de saludarnos, señalo con el hocico la colina y empezamos a correr. Él me sigue, sube la inclinación.

Detrás nuestro, la casa brilla con la luz de la ventana de la cocina. Hay una figura oscura allí, mirando. Julia.

Una ardilla pasa rápido frente a nosotros y muestra la cola antes de desaparecer por la colina. Siento que Geo quiere correr detrás de ella, pero no lo hace. Espera, me sigue. Ladro para darle permiso y con un festejo, sale disparado a perseguirla.

Troto detrás de él. Correremos algunos kilómetros y perseguiremos tantas ardillas como él quiera. Le mostraré los límites de su territorio, donde su padre marcó los árboles hace mucho tiempo. Los volveremos a marcar y encontraremos la colina más grande que dé a la tierra de Geo. Le enseñaré a aullar.

La casa detrás nuestro ha desaparecido. Suelto las extremidades y corro detrás de Geo, me sumo a la velocidad y fuerza y belleza de ser lobo.

Llegamos a la cima de la cresta y ladro para que Geo se detenga y gire a esperar mi orden. Me transformo a mi forma humana.

—Ahora tú, —le ordeno.

Geo se agacha, baja el hocico como si se concentrara, pero no sucede nada. Espero. Necesito darle tiempo de descifrarlo por sí solo. Se queja un poco.

—Vuelve a transformarte, —le digo—. Sólo recuerda la sensación de estar en tu forma humana y mueve tu consciencia allí.

Él se queja un poco más. El aire a su alrededor se mueve cuando empieza el Cambio, pero luego vuelve a detenerse.

—Puedes hacerlo. Te ayudaré si me necesitas, pero quiero que practiques por tu cuenta. Sólo mueve tu consciencia a tu forma humana. Imagina que estás en forma humana ahora.

Más temblores, pero todavía no hay transformación.

—Está bien. Lleva un tiempo tomarle la mano. —Intento recordar cómo aprendí. Qué me ayudó—. Es como... si guardaras en tu mente la firma energética de cada forma. Así que ahora mismo, guarda cómo se siente ser un lobo. *Ahora transfórmate.* —Vuelvo a utilizar la orden alfa con él.

El Cambio toma el control y está en forma de joven humano, agachado en el suelo.

—Eso es. Buen trabajo.

Él se endereza y me mira desconcertado. No está acostumbrado a estar desnudo frente a otros como lo estamos quienes crecimos en una manada.

—Ahora guarda en tu mente cómo se siente estar en este cuerpo.

No tengo idea de si entiende lo que le digo. Es difícil ponerlo en palabras. Es sólo una sensación.

—¿Recuerdas cómo se sentía estar en tu forma de lobo?

Geo asiente una sola vez con solemnidad.

Sonrío.

—Bien. Ahora vuelve a transformarte. —No uso la orden alfa. Dejo que lo busque por sí solo.

Se tensa, afloja las rodillas como un luchador de artes marciales. Sus ojos se cierran y una concentración intensa cambia los rasgos de su rostro. Un gruñido de lobo sale disparado de su garganta, pero parece sorprenderlo y se hace hacia atrás, sus ojos se abren de golpe y buscan los míos.

Sonrío.

—Eso estuvo bien, Geo. Vuelve a intentarlo.

Niega con la cabeza y se encoge de hombros como un boxeador a punto de entrar al ring.

—Recuerda cómo se sentía estar en tu forma de lobo y simplemente pon toda tu consciencia allí. Tienes que abandonar esta consciencia. Dejar de lado los pensamientos humanos. Encontrar los instintos de lobo.

El aire alrededor de Geo se sacude. Escucho que suenan articulaciones, se queja, luego gruñe y luego allí está el lobo otra vez.

Lo recompenso volviéndome lobo otra vez y corriendo hacia adelante, desafiándolo a seguirme el ritmo.

* * *

Julia

Después de lo que se siente como horas, algo se mueve en los árboles.

Dejé de caminar y esperar, y empecé a limpiar. Fregué el refrigerador, el horno y el microondas. Reorganicé las latas de la alacena. La cocina nunca estuvo tan limpia.

Estoy fregando la cafetera cuando el dejo de un movimiento baja por la colina.

Cuando se fueron, me quedé parada junto al fregadero de la cocina, mirando hacia el patio. Destellos blancos se mueven entre los pinos. Fue sencillo distinguir a los dos lobos: uno es grande, pero el otro es un monstruo. El lobo de Channing hasta podría estar hombro a hombro conmigo. No es un animal que quisieras encontrar en una caminata.

Sabía que Geo podría convertirse en un lobo, pero no era seguro siendo mestizo. Intenté imaginarlo, pensé en distintos escenarios. Soy una obsesiva del control. Me gusta planificar. Pero la forma en la que se contorsionó el cuerpo de Geo fue como si estuviera sufriendo... cómo erupcionó el gruñido de la boca de mi bebé; me quedé helada. Todos los consejos de los libros de psicología salieron volando de mi cabeza.

Channing supo qué hacer. Cuando dio la orden en esa voz extraña y retumbante, Geo obedeció.

Estoy en un mundo totalmente nuevo y no aplican ninguna de mis reglas. Necesito componerme.

Me quedé allí parada por un rato cuando se fueron, los brazos envolviéndome a mí misma y dejé que la adrenalina de ese momento me hiciera temblar.

Luego, seguí órdenes. Volví al camión y busqué ropa. Había cuatro bolsas metidas detrás de los asientos delanteros. Channing debe haber comprado toda la tienda. Dejé una bolsa en el camión porque Channing puede necesitarla.

Ahora tiene sentido ese atuendo extraño que tenía cuando llegó esta mañana. Debe haberse transformado más temprano y no tenía un buen cambio de ropa.

Y lo juzgué por eso. Decidí que estaba siendo irresponsable como de costumbre y asumí lo peor. Y él me dejó hacerlo.

Pongo un par de prendas sobre la mesa de picnic, como solía hacerlo para Geoffrey. Él bromeaba que no le importaba caminar por ahí desnudo. Algunas noches, cuando Geo dormía y Channing había salido, ignoraba la pila de ropa y venía a buscarme.

No había pensado en eso en años. La vida te pasa por arriba cuando estás perdida en el dolor. Es una bendición y una maldición. Los recuerdos de mi marido fallecido no me duelen como solían hacerlo. Puedo recordar los buenos momentos, las risas, sin el dolor punzante. Es agridulce.

Si estás leyendo esto, algo me ocurrió. Esperaba que este día no llegara, pero pasó.

Leí la carta que dejó Geoffrey tarde por la noche. Después de dormir a Geo, que sólo tenía tres y estaba todavía confundido de por qué su padre no podía venir a arroparlo.

Channing estará allí para ti.

Entonces, Channing ya se había marchado.

Y ahora ha vuelto, y es como una persona diferente.

Es más parecido a Geoffrey. Esa idea trae otra ola de anhelo tan profundo que me mueve. Anhelo dejar entrar a Channing. Dejar que se quede. Dejar que tome el lugar de Geoffrey. Pero no. Channing no es Geoffrey. Y él no está aquí para mí. Él está aquí para Geo.

Para mí imaginarme algo... *romántico*... sucediendo con él es una estupidez. Está mal. Debería sentirme como una hermana mayor hacia él. Aunque no fuera el hermano de

Geoffrey, sería demasiado joven para mí. Además, tiene algún tipo de trabajo de seguridad de alto riesgo. Muy peligroso. Ya tuve demasiado peligro para una vida.

No me enamoraré de un soldado nunca más. Eso terminó con demasiado dolor para mí.

Tomo mi copa de vino, la que me sirvió Channing, y doy un sorbo. No pude sentarme y comer mientras no estaban, con el estómago dado vuelta. Pero ahora finalmente volvieron.

Los dos lobos emergen de entre los árboles, caminan hacia la casa. Se detienen antes del patio, justo afuera del círculo de reflectores. Sus partes marrones los hacen fundirse con el fondo, pero si entrecierro bien los ojos, puedo verlos. El más pequeño levanta la cabeza, frota su mejilla contra el más grande. Es tan dulce que casi me pone de rodillas.

También me ofende en parte que Channing sea capaz de ganarse la confianza y el afecto de Geo en unas pocas horas después de abandonarlo todo este tiempo. Pero eso no cambia la gratitud que tengo por Channing ahora mismo.

Porque *sí* vino. Y está aquí para Geo y Geo lo necesita mucho.

Resisto la necesidad de salir corriendo de aquí, de interrumpir el momento. Sus movimientos son agraciados y me inspiran admiración.

El más grande, Channing, espera y da un par de pasos hacia atrás, mirando al lobo más pequeño. Es como un maestro con un alumno. Ahora que están parados quietos, puedo notar las diferencias sutiles en sus pelajes.

El gran lobo levanta la cabeza y se pone en sus patas traseras; de alguna forma se vuelve a convertir en humano. El pelaje desaparece, su cabeza y mandíbula cambian de forma. Sucede en un instante, pero lo suficientemente lento como para notar el momento exacto en el que el lobo se vuelve hombre, se vuelve Channing.

Un Channing muy grande y muy desnudo. Está parado fuera del círculo de luz, pero las líneas sólidas y onduladas de sus músculos son inconfundibles. Los oblicuos marcados bajo sus brazos abultados, los muslos gigantes y poderosos.

Se voltea hacia la casa y camina hacia la luz. Anidado en sus vellos rubios está su pene, alarmantemente grande. Mi centro se retuerce, fuerte. No debería pensar así sobre él. No debería sentirme atraída por el hermano menor de mi esposo fallecido. Debería pensar... cosas de hermano hacia él.

Algo se rompe frente a mí. La copa de vino se deslizó de entre mis dedos debilitados y se rompió en el fregadero.

—Mierda. —La busco en el fregadero y me corto el dedo.

La puerta de la cocina se abre de golpe.

—¿Está todo bien? —Channing está parado en el umbral, completamente desnudo. La luz cálida ilumina sus hombros anchos y pone de relieve los contornos de su pecho.

—Sí, —digo rápido y tomo un repasador cercano—. Se me cayó la copa de vino.

Me mira con preocupación. Su piel desnuda brilla con el más leve indicio de sudor. Sus muslos son gigantes y poderosos. Su cinturón de Adones tiene una forma de V que lleva a su...

Obligo a mis ojos a mirar a Channing a la cara.

—¿Salió todo bien? —Mi voz está entrecortada.

—Sí. —Él se relaja—. Salió genial.

No le importa estar completamente desnudo, con su pene gigante colgado en el viento. A los transformistas no les importa la desnudez como a los humanos. Sostengo un repasador y creo una pantalla entre su hermoso cuerpo de dios y mi mirada lasciva.

—Dejé tu ropa sobre la mesa de picnic. ¿Te molestaría?

—Ah, sí, claro. —Gira y me muestra el trasero.

Y qué hermosa luna llena que es. Esos músculos marcados de espalda que llevan a dos hoyuelos definidos sobre la hinchazón lisa de su trasero.

Un ruido ahogado sale de mi garganta.

Channing se detiene y mira hacia atrás.

—¿Segura de que te sientes bien?

Muevo el repasador en su dirección, sin poder hablar. Él sale de la casa y me quedo mirando fijo el desastre que hice. Mi pecho está enrojecido, mi piel se siente incómoda del calor.

Mi hijo entra de golpe por la puerta, y trae con él una ola de aire fresco.

—¡Mamá! —Está sin aliento—. Me transformé. —Los ojos de Geo están brillantes y está acalorado por correr. El aroma a pino y a noche se pega a su cabello. Lleva una camiseta sin estampas y unos pantalones deportivos que le separé. La camiseta le queda bien, pero los pantalones son demasiado sueltos.

—Lo vi, lo vi, —digo—.

Fue épico. Geo entra a la habitación y luce más como un hombre y menos como el niño que crié. ¿Cómo sucedió esto? —Soy tan fuerte como lobo. Y realmente rápido. Fuimos lejos, todo el camino arriba de la colina y dando la vuelta por detrás. El tío Channing me llevó todo el camino hasta el mirador. Y practiqué transformarme. Y aprendí a guardar mis formas diferentes.

—Eso es genial, *mijo*. —El alivio me alcanza con tanta fuerza que lloro.

Detrás de Geo, Channing entra a la casa. Lleva la

misma camiseta demasiado pequeña y estirada sobre su amplio pecho y vaqueros. Es hermoso.

—Iremos de nuevo mañana por la noche, —dice Geo—. Y el tío Channing dice que podemos ir más tiempo este fin de semana.

—¿Eso dijo, verdad? —Miro a Channing entrecerrando los ojos, pero no me molesta que estén planeando más salidas. Channing me mira con esa sonrisa cansada y de lado que tiene. Sus hoyuelos se muestran.

Mis ovarios no están produciendo óvulos. Para nada.

—¿Podemos, mamá? Tuvimos cuidado. El tío Channing me enseñará a transformarme de forma segura y seré responsable.

—Por supuesto. —Estiro la mano para tocarle el cabello a Geo. Solía despeinar su cabello negro sedoso todo el tiempo, pero no desde que se volvió más alto que yo. Pero por un momento, el adolescente cínico se desvanece y lo reemplaza un niño entusiasta.

—El tío Channing sabe lo que es mejor.

—Finalmente lo admite. —Channing guiña el ojo.

—Gracias. —Geo se acerca, me abraza con suficiente fuerza como para sacarme el aire de los pulmones. Me levanta los pies del piso y me resoplo.

—Cuidado, Junior, —lo reta Channing—. Eres más fuerte de lo que piensas.

—Ah, perdón. —Geo vuelve a apoyarme en el suelo—. ¿Podemos comer pizza ahora? El tío Channing no me dejó matar la ardilla. Muero de hambre.

—Adelante, —digo y Geo se abalanza sobre la mesa. ¿Debería hacer que se lave las manos primero?

Demasiado tarde, ha abierto la caja de pizza y se metió tres porciones en la boca a la vez.

Volteo antes de comenzar a retarlo para que mastique.

—Gracias, —le digo a Channing. Lo digo en serio—. Por todo.

Acepta mi agradecimiento con una inclinación de la cabeza y se acerca, invade mi espacio.

—¿Ya comiste?

Niego con la cabeza.

Sus fosas nasales se abren y toma el repasador para agarrarme la mano. —Búscate comida.

—Estaba distraída.

Su cabeza se inclina hacia la mía y una ola de su aroma especiado y salvaje me invade. No quiero hacerlo, pero me encuentro a mí misma acercándome a él, queriendo más.

Él levanta la cabeza y sus ojos verdes miran los míos. Se me corta la respiración en la garganta. Me late fuerte el corazón. Una ola de calor me recorre. *No me siento atraída por el hermano bebé de Geoffrey. Para nada. Sólo pienso cosas de hermano hacia él.*

—Siéntate. —Me hace un gesto hacia la mesa—. Buscaré algo para limpiar esto.

—Él kit de primeros auxilios está...

—Sobre la repisa del baño. Lo recuerdo. Se ven sus hoyuelos y desaparece.

Me dejo caer en la silla. Mis mejillas se calientan. ¿Otro bochorno? ¿O fue el vino?

Debe ser eso. El vino me está afectando. No me he terminado la copa, pero tomé con el estómago vacío. Por eso mi interior está lleno de mariposas.

No por otra razón.

Geo ya se ha comido toda una pizza y está chupando unas alitas calientes. Recuerdo a Geoffrey comiendo así cuando volvía de correr un largo rato. Cambiar de forma quema muchas calorías.

Empujo una segunda caja de pizza en su dirección.

—Come, *mijo*. —Él me mira agradecido y se mete otras tres porciones de pizza en la boca.

Channing vuelve y se arrodilla frente a mí. Es tan grande que la cocina se achica a su alrededor, pero sus manos sobre las mías son gentiles. Revisa mi dedo para ver si quedan pedazos de vidrio. Una vez satisfecho, lo venda con movimientos habilidosos. Con cada caricia, los escalofríos recorren mis brazos.

Encuentro mi voz.

—Ya has hecho esto antes.

—Una o dos veces.

Los transformistas no necesitan vendas. Sus poderes de sanación pueden ocuparse de todo, menos la decapitación. *O una explosión de un artefacto explosivo improvisado.*

Luce serio, como si pudiera seguir la línea de mis pensamientos.

—Lo hacemos cuando intentamos disimular. —Disimular ser humanos, quiere decir—. Y hemos peleado junto a humanos algunas veces.

Bajo los ojos para mirar el vendaje.

—Gracias.

—Cuando sea, —murmura y toma mi mano para darla vuelta. Las cosquillas pasan por mi piel en donde me toca.

Agacho la cabeza e inhalo. Channing se aleja, sale de mi espacio, pero siento su presencia presionándome, un peso delicioso. Nunca antes estuve tan consciente de alguien en la vida.

Después de limpiar el vidrio, una silla se arrastra sobre los azulejos de la cocina, y Channing se sienta.

—Cuidado, tío Channing, —dice Geo—. Esa pata de la mesa está floja.

—Ah. Recuerdo que tu padre la arregló el día que la

compró. Arreglémosla mañana. Esperaré hasta después del colegio, así me ayudas.

—¿En serio?

—Sí.

Tomo un pedazo de pizza y mastico, mantengo los ojos en el plato e intento controlar mi ritmo cardíaco.

—¿Haces correr a tu lobo todas las noches? —Pregunta Geo.

Channing niega con la cabeza.

—No. No todas las noches. Cada luna llena, seguro. Y si necesito descargar un poco. Es probable que necesites correr un poco como adolescente. Las hormonas están recorriéndote de una forma mucho más intensa que en las experiencias humanas. Te sentirás atraído por las chicas en el colegio y casi te hará moverte en tu asiento.

—¡Channing! —No puedo acallar el tono de sorpresa de mi voz. Realmente no quiero que le dé consejos sexuales a Geo. Recuerdo lo hombre-fácil que era cuando vivía aquí.

—¿Qué? —Me dedica esa sonrisa cansada otra vez—. Es verdad. Mejor advertirle ahora a que realmente pierda el control frente a humanos. —Vuelve su mirada a Geo—. ¿Entiendes que nunca nunca puedes hablar de esto con un humano? Ni con tu mejor amigo. Ni con tu novia, si sales con una humana. Ni con nadie. No puedes transformarte en una pelea con niños del colegio. No puedes usar tu fuerza sobrehumana para jugar deportes. Tienes que esconder quién eres. Eso es lo más importante que tengo para enseñarte.

—¿Por qué? ¿Porque asustaría a los humanos?

—Sí. Pero... —La mirada de Channing vuelve hacia mí y me doy cuenta de que no quiere escuchar lo que sigue—. Hay humanos que sí saben que existimos y... —otra mirada de preocupación hacia mí— a algunos de ellos que saben les gusta cazar a los nuestros.

Estoy seguro de que el color abandona mi rostro porque me vuelvo un hielo.

Channing se acerca y cubre mi mano.

—Nada le sucederá a Geo. Lo prometo. Mi equipo de operaciones es el mejor del mundo. Si hubiera peligro cerca en algún momento, lo sabría y evitaría que alcanzara a Geo.

Respiro profundo. Entonces por eso instaló la seguridad en la casa. Tiene sentido. Pero lo que no tiene sentido es por qué lo hizo en secreto. Por qué esperó hasta que estuviéramos en Disney y vino mientras no estábamos. Por qué nos miraba todo el tiempo, pero nunca visitaba. Nunca nos contactó.

No lo entiendo.

Me estoy dando cuenta de que hay mucho más de Channing de lo que pensaba, pero no estoy segura qué es. Lo había tachado de niño irresponsable, descuidado, y egoísta. O a veces, cuando le di más crédito, pensé que quizás era muy doloroso para él estar cerca de mí y de Geo. Que no quería enfrentar el dolor de perder a su hermano.

Quizás era eso, pero igual no tiene todo el sentido. Porque si nos estuvo protegiendo todo el tiempo, ¿eso no significaría que se estaba enfrentando con la muerte de su hermano?

Channing y Geo siguen charlando, reviviendo su salida. Después de inhalar suficiente pizza como para ponerlos en un coma por comida, se levantan y limpian la mesa. Se paran junto al fregadero, lo limpian y lavan los platos. Uno bajo, uno alto. Uno morocho, uno rubio. Como solían hacerlo Geoffrey y Channing.

El recuerdo me invade, pero en vez del dolor de la pérdida, hay un dolor nostálgico y una sensación de satisfacción. La escena luce normal, luce bien. Channing encaja bien en el espacio que dejó su hermano.

Este es un momento que había imaginado inicialmente, después de la muerte de Geoffrey. Que Channing estaría cerca, haría de tío. Sería otro adulto en quien apoyarse. Un transformista. Una conexión con Geoffrey. Pero Channing nunca regresó.

Busco mi viejo resentimiento endurecido, pero se resbala. No arruinaré este momento de paz. Geo lo necesita.

—Muy bien, Junior. —Channing golpea el hombro de Geo—. Hora de dormir. La escuela empieza temprano y necesitas descansar si iremos a correr mañana por la noche.

Sin protestar, sin arrastrar los pies, Geo asiente y voltea para obedecer.

—Buenas noches, mamá. —Él se acerca y me da un abrazo.

—Buenas noches, bebé.

—Lamento... ya sabes. —Su voz se entrecorta un poco y sé que está reviviendo esos momentos de tensión antes de transformarse.

Lo abrazo fuerte.

—Está bien. No hiciste nada malo. Sólo me tomó por sorpresa.

Geo se mueve hacia atrás, se quita el cabello de los ojos para poder mirarme. Luce confundido.

—Será mejor la próxima vez. —Hay una pregunta en su voz, una que no puedo responder.

Detrás de él, Channing asiente.

—Así será, —confirma, y el cuerpo de Geo se relaja.

—Te amo, —le digo a mi hijo y él murmura,

—Te amo, —como respuesta antes de soltarme y desaparecer por las escaleras.

Me deja con Channing. A solas.

El aire se pone tenso entre nosotros, sólido. Sus ojos brillan un poco en la luz baja.

Podría cerrarlos, pero estará allí, esperándome en mi mente. Más de seis pies de cuerpo duro y dorado. La imagen de él desnudo está grabada en mi cerebro. Vi a mi cuñado desnudo, y lo peor es que no quise mirar a otro lado.

No quiero mirar a otro lado ahora. El mundo se ha achicado a su mirada verde e intensa.

—Relájate, tesoro. Estará bien. Lo prometo. —Está haciendo eso de nuevo, usando esa voz suave y segura.

Inclino la cabeza e inhalo profundo.

La forma en la que su mirada acaricia mi rostro no es de hermanos. Es íntima. Afectuosa.

—Lo que hiciste con Geo...

Él se lleva un dedo a los labios y señala hacia arriba de las escaleras. Claro. Oído de transformista.

Toma mi mano y me levanta de la silla. Mi pulso se acelera, pero dejo que me guíe hacia el patio.

—Podemos hablar aquí. —Voltea. Su mano cubre la mía. Su piel está caliente al tacto. Los transformistas tienen un poco más de temperatura que los humanos normales si recuerdo bien.

Tiemblo sin ninguna razón.

Channing frunce el ceño.

—¿Tienes frío?

—No, estoy bien. —Sigo acalorada. Le dejo de dar la mano a Channing y me hundo en una silla de exterior. Channing sigue de pie, mirándome—. ¿Qué sucede? —Pregunto, no acostumbrada a ver su ceño fruncido.

—Necesito lijar estas sillas, —murmura y niega con la cabeza para hacer la idea a un lado. Se pone de una forma que no he visto antes, serio y decidido—. Esta noche salió bien—, dice como si le estuviera reportando a su oficial comandante. ¿Así es en las misiones? Mi pulso se acelera. Me encanta este lado suyo.

—Geo lo hizo bien, siguió mis órdenes. Hubo un momento de pánico hacia el final sobre no poder volver a cambiar de forma, pero lo ayudé hablándole.

—Gracias. —No puedo decirlo lo suficiente.

—No hay problema. —Se agacha. Estoy sentada y él agachado, y sigue siendo de mi altura, puede mirarme a los ojos—. Lamento no haber estado aquí la primera vez, pero estoy aquí ahora. Y me quedaré todo lo que me necesite, —me dice.

—Gracias. Me alegro. Ya sabes, por Geo.

—Por Geo. —Su voz se vuelve más grave. Su mirada baja a mis labios. El tiempo va más lento, se detiene. Tengo cosquillas en los labios y los relamo. ¿Cuándo empezó a girar más lento el mundo?—. Julia... —Está tan cerca que su aliento acaricia mi rostro.

Aprieto fuerte las piernas como si así pudiera deshacerme de la presión latiente que se acrecienta en mi centro.

Es una noche fresca de septiembre y estoy hirviendo.

No es el vino. No es el calor o los bochornos. Es mi lívido, encendiéndose.

No creía seguir teniendo interés en el sexo. Por supuesto, tengo un vibrador y me doy un orgasmo a mí misma una o dos veces por semana, como reloj. ¿Pero ser una pervertida con un tipo sensual? Han pasado años desde la última vez que hice eso. Y este es uno demasiado joven para mí.

Tengo que controlarme. No es el momento de que mi vagina seca y polvorienta se despierte. Una de nosotras tiene que ser adulta en esta situación.

Me reclino y el hechizo se rompe.

—Por Geo, —repito, y algo en su rostro se quiebra. Luce más viejo y severo de algún modo.

Se pone de pie.

—Buscaré mis cosas. Dormiré en el suelo.

—Puedes quedarte en el sofá, —digo.

—Nah, es demasiado chico. No entraré.

—No eres tan grande, —le digo.

Sus mejillas se curvan.

—Te aseguro que lo soy.

Oh. Por. Dios.

¿Por qué tengo los pezones duros? Me levanto.

—Dime si necesitas algo. —Sus cejas se levantan y mis ojos se agrandan—. Me refiero a una almohada. Un cepillo de dientes.

—Lo entiendo, —responde. Su voz volvió a ser neutral.

Tengo una necesidad alocada de extenderle la mano para estrechar la suya. De poner algo de distancia entre nosotros. Pero en vez de eso digo buenas noches y me alejo con las piernas débiles, deseando que mi corazón late con normalidad.

* * *

Channing

Espero a que Julia esté a salvo en su habitación por la noche. Luego hago rondas, aseguro la casa, reviso las trabas y el sistema de alarmas, refuerzo el lugar. Suelo activar el sistema de seguridad de forma remota, después de que las cámaras me dicen que Geo y Julia se han ido a descansar por la noche. Nunca antes lo hice en persona.

Acomodo mi bolsa de dormir en el piso de la oficina. No estoy seguro de por qué quiero torturarme a mí mismo, pero

93

necesito que estar rodeado por su aroma. Mi pene está tan duro que duele, pero le doy la bienvenida al dolor. Es un castigo apropiado.

Esta noche, cuando hablamos en el patio, casi la beso. Menos de veinticuatro horas y ya la estoy cagando.

Esperaba que su enojo y mala opinión sobre mí crearan una división entre nosotros. Anhelo su perdón, pero no lo merezco. Pensé que su asco y desconfianza me ayudarían a mantener la distancia. El aroma de mi hermano está en ella, ese anillo en su dedo me debería ayudar a mantenerme distante.

Pero me miró esta noche y en vez de enojo o dolor, vi algo más.

Atracción.

Deseo.

Ella también lo está sintiendo.

Pero no lo puedo mencionar. ¿Qué tipo de idiota sería si lo hiciera evidente? «Por cierto, puedo oler tu excitación».

No puedo hacerle esto a Julia. A mi hermano. Pero conociéndome, sólo es una cuestión de tiempo antes de cagarla otra vez.

Me mantendré enfocado en la misión. Le enseñaré a Geo cómo ser lobo y cómo ser hombre. No compensará los años que me perdí, pero será de ayuda.

Una vez que Geo esté listo, desapareceré. Otra vez. Dolerá, pero han pasado por eso antes.

Haré lo que vine a hacer y saldré de aquí antes de arruinar más a su familia de lo que ya lo hice.

Capítulo Seis

*J*ulia

Hay un dolor entre mis piernas. Giro, atrapada en las sábanas.

Una voz grave murmura.

—Julia.

Channing.

Giro hacia él. Está sin camisa en la luz de la luna porque, por supuesto, así es. ¿Está desnudo? No me doy cuenta.

Estiro los brazos sobre mi cabeza y dejo que mi cabello caiga en cascada sobre la almohada. Llevo un camisón sensual, con escote y encaje por encima.

—Te he estado esperando.

—Sus ojos son brillos verdes en la oscuridad. Pone una mano sobre mi pierna y la desliza hacia arriba en un ascenso lento e inexorable.

Me lamo los labios y dejo que mis piernas se abran.

—Julia. —Me arranca las sábanas de un tirón y me cubre con su cuerpo duro.

Levanto la cabeza para encontrar la suya. Sus labios

encuentran los míos. Son firmes, pero gentiles. Un gruñido se forma en su garganta. Toma un mechón de mi cabello y controla el beso. El calor florece en mi centro y jadeo.

Me arrastra a sus brazos y me sienta en su falda. Sus manos toman mi trasero y me llevan contra él. Muevo mis caderas hacia adelante, frotándome hacia arriba y abajo. Está desnudo y yo estoy tan mojada. En cualquier momento se deslizará en mi interior...

Un ave grita afuera de mi ventana y me despierto de golpe. Mi centro está resbaladizo y mis pechos hinchados, pesados.

No hay oscuridad, no está Channing. Estoy sola. Fue un sueño, peor se sintió tan real.

Pestañeo con el sol que inunda mi ventana. Es mucho más brillante de lo que debería a las seis de la mañana.

Me siento rápidamente. ¿Qué hora es?

El reloj despertador dice nueve y diez. Me dormí y no escuché la alarma.

El suelo del recibidor cruje y se abre la puerta de mi habitación.

—Ah, ey, estás despierta. —Channing se inclina contra el marco y apoya una canasta de ropa sobre su cadera—.

¿Tienes algo de ropa sucia? Haré un lavado. Geo me mostró tu sistema.

¿Lavado? ¿Sistema? —¿Qué?

Un hoyuelo aparece en la mejilla de Channing.

—No importa. Espera, ya regreso. —Desaparece.

Me froto los ojos para quitarme el sueño y me toco la cabeza horrorizada. Mi cabello es un desastre alocado con estática. Llevo el camisón con escote que tenía en el sueño. Mis pezones son picos duros. Tomo el acolchado y me lo llevo al cuello.

Los pasos de Channing anuncian su retorno. Debe

haber caminado sobre los lugares crujientes de mis pisos de madera a propósito. Cuando quiere, puede deslizarse como un gato, aunque nunca lo compararía con uno excepto que quisiera molestarlo.

Entra a mi habitación, demasiado alegre para ser tan temprano por la mañana.

—Aquí tienes. —Me pasa una taza y el aroma delicioso a café alcanza mi rostro.

—Gracias, —balbuceo—. Me quedé dormida. Mi despertador...

—Lo apagué, —Channing acomoda mis frazadas con una mano y sostiene una porción de pizza fría con la otra.

—¿Qué hiciste qué?

—Necesitabas descansar. —Él muerde la pizza.

No puedo creerlo. Salgo de la cama y me olvido del «llego tarde al trabajo».

—Tu manejas tus propios tiempos, ¿verdad?

—No puedo... Tú no puedes... sólo...

—Relájate, —me calma Channing—. Llevé a Geo a la escuela. No te preocupes, no fuimos en moto. Él no tenía ganas de tomar el autobús esta mañana, así que lo llevé en el camión. Me sorprende que el motor no te despertara. Realmente necesitabas dormir, ¿no?

Soy una persona articulada. Puedo hablar racionalmente, exponer un argumento. Pero cuando abro la boca, no tengo nada que decir...

—Bebe tu café, —me alienta Channing con su mano de pizza y automáticamente meto la nariz en la taza. El aroma me ayuda a despertarme—. Buena chica. —El lado derecho de su boca se levanta. Y ese hoyuelo.

Oh por dios. No puedo creer que me dijo *buena chica*. Peor aún, no puedo creer mi reacción ante esas palabras.

Él pasea hasta mi vestidor y toma mi canasta de ropa

sucia. Está tarareando una canción, suena a uno de los nuevos hits de Taylor Swift.

Me ve mirarlo fijo y me saluda con una porción de pizza.

—Pizza para desayunar, es lo mejor. —Sale antes de que pueda decidir cómo matarlo.

Llegué al escritorio a tiempo para mi primera reunión con el Sr. van den Berg. Con sólo unos pocos minutos para cambiarme y calmar mi cabello, no tuve tiempo de buscar a Channing para matarlo. Pero planeo hacerlo. Gracias a Dios, automaticé mis respuestas para la reunión anoche antes de dejarlo entrar a la casa y perder todo mi autocontrol.

¿Se infiltrará en cada centímetro de mi casa? ¿De mi vida? Es lo suficientemente malo haber soñado que tenía sexo con él. Cada vez que cierro los ojos, revivo verlo desnudo.

¿Y desde cuando lava la ropa?

Mi oficina huele a él. ¿Entró aquí?

Miro la computadora e intento lucir profesional para la cámara.

—Julia, —me saluda el Sr. van den Berg—. Acepté todos los cambios. El contrato ya debería estar en tu bandeja de entrada.

—Gracias, señor. —digo. El ruido de un golpe fuerte tapa mis palabras. Alguien está golpeando algo contra mi techo. Levanto un dedo. —Disculpe, un momento.

Apago mi micrófono y camino hasta la ventana, fuera de la vista de la cámara. Lucho contra la ventana vieja hasta que se abre (Geoffrey y yo íbamos a cambiar las ventanas y nunca llegamos a hacerlo) y grito,

— ¡Silencio! ¡Estoy en una reunión!

Los martillazos se detienen.

Me acomodo el cabello y pongo una sonrisa calma en mi rostro. Cuando me vuelvo a sentar en el escritorio, mi jefe luce preocupado.

—Me disculpo por el ruido, —digo—. No volverá a suceder.

—No hay problema, —responde—. ¿Tienes techistas trabajando?

—Sí, algo así. Es mi cuñado. Está haciendo algunos trabajos en la casa y no me di cuenta de que estaría arreglando las tejas hoy. —En la pantalla, el reflejo de mi ojo tiembla. Respiro profundo. Calmada, racional, en control, esa soy yo.

—¿Tu cuñado sigue allí?

—Sí, se quedará con nosotros por un tiempo. Es una larga historia.

Espero no tener que contarla, pero el Sr. van den Berg luce interesado.

—No sabía que eran tan unidos.

—No lo hemos sido por casi diez años, —confieso—. No desde el funeral de Geoffrey.

Normalmente no compartiría tanto con un colega de trabajo, pero es mi jefe y me ha apoyado tanto.

—Ya veo, —dice mi jefe tras una pausa—. Discúlpame si me excedo, ¿pero estás cómoda con esta situación? ¿Su presencia...? —él duda como si eligiera sus palabras con cuidado— ¿...es bienvenida?

—Oh, sí, por supuesto, —me apresuro a decir, conmovida por su preocupación—. Fue una sorpresa, pero estamos encantados de que esté aquí.

—Eso es bueno. Dime si necesitas ayuda con algo, Julia. Mi puerta siempre está abierta.

—Gracias, señor.

Puedo sentir que quiere decir algo más, pero cambia de

tema a los próximos pasos con los contratos, y estoy muy agradecida de enfocarme en el trabajo.

Ni bien termina la reunión, me dirijo a matar a Channing y a enterrarlo en el patio, con una porción de pizza fría en la boca.

Unos segundos después de que me desconecto de la llamada con el Sr. van den Berg, algo golpea contra el techo. Channing se asoma por la ventana abierta.

Está medio desnudo con vaqueros y botas. Sin camisa. Su pecho brilla con una capa fina de sudor.

—¿Me extrañaste? —Me muestra sus hoyuelos.

Me levanto de la silla y señalo su pecho descubierto.

—Te mataré.

Él inclina su cabeza a la posición *oh diablos*.

—¿Qué hice?

Cuento las cosas con los dedos.

—Apagaste mi despertador. Me hiciste llegar tarde. Comenzaste a martillar cosas en medio de una reunión con mi jefe.

—Sí, fue mi error. Puedo esperar para terminar con las tejas. Y que Geo me ayude.

—Channing Eugene Armstrong, no llevarás a mi hijo al techo...

Él inclina la cabeza.

—Sabes que es prácticamente indestructible, ¿no? Los transformistas se curan... —Me debe salir humo de las orejas porque Channing mueve las manos—. Bien, el techo no. ¿Con quién estabas hablando?

—¿Qué? —El cambio de tema me enfada.

—El viejo suena a que tiene un palo en el culo.

—No suena así, —respondo—. El Sr. van den Berg es mi jefe y es bueno con nosotros.

Los ojos de Channing se entrecierran.

—¿Cómo?

—Me paga un salario excelente con un paquete de beneficios generoso. Y está ayudando a Geo a entrar en una escuela nueva.

—¿Y qué te pide que hagas a cambio? —Su voz es sedosa y grave, peligrosa.

—Nada más que mi trabajo, —le digo—. Te has hecho la idea equivocada. Nuestras interacciones son completamente apropiadas. Profesionales.

—Excepto cuando se interesa en tu vida personal y en la de Geo. —Su mandíbula se tensa.

—No ha sido más que amable. Sé que no tienes idea de lo difícil que es criar a un niño sola, pero déjame asegurarte que necesitaba ayuda.

Channing se estremece y me siento culpable por usar las armas más fuertes.

—Lo sé, —responde en voz baja. —Se ha movido más cerca de mí y una nueva ola de su aroma silvestre me marea.

Levanto una mano para mantenerlo a raya.

—No sólo fajos de dinero como un traficante de drogas. Soy abogada. Gano un sueldo decente. Necesitaba otro tipo de apoyo.

Su hoyuelo vuelve a aparecer.

—Que conste que nunca trabajé para un traficante de drogas. Pero sí les disparé a un par.

—Suficiente, —digo.

Channing me sonríe de forma pícara y una ola de calor me invade. Mi palma se mueve sobre su pecho desnudo. La hago hacia atrás y me cruzo de brazos para alejar toda tentación de tocarlo. Es vergonzoso lo mucho que quiero hacerlo.

—¿Dónde está tu camisa?

Él se encoje de hombros.

—Me dio calor en el techo. Hablando de eso, ¿cuándo es

tu próxima reunión? Quiero clavar estas tejas antes del atardecer.

Quiero decirle que se vaya a la mierda, pero supongo que sí necesito que cambien las tejas.

—Espera a mi hora de almuerzo. La usaré para ir a comprar comida.

—Ya compré comida. Dime qué necesitas. Geo y yo ya hicimos un pedido, haré que nos lo envíen.

Abro la boca. La cierro. Si no me calmo, me explotará la cabeza.

Acabo de afirmar que necesitaba más ayuda, ¿verdad? Así que no puedo decirle que no quiero que me ayude. Los lavados y las compras encabezaban mi lista de cosas por hacer hoy.

Me enoja lo útil que está siendo. Ni siquiera puedo matarlo. ¿Cómo defendería mi caso en la corte? ¿Limpió mi casa y pidió la cena, así que le disparé?

Dispararlo no funcionaría de todas formas. No tengo balas de plata.

En vez de estrangularlo, me quedo a centímetros del pecho desnudo de Channing y lo miro como una loca. Sería tan fácil para él acortar la distancia entre nosotros, sus brazos me levantarían contra él y envolvería las piernas a su alrededor y me frotaría contra su cuerpo duro, como en mi sueño...

Channing se agacha para estar justo delante de mi rostro.

—Relájate, Julia. —Sus labios se mueven justo encima de los míos. Un centímetro y se estarían tocando.

—Sal, —gruño, y él se ríe, se aleja hasta estar contra el alfeizar y luego se va hacia atrás, sale de mi vista.

Me apresuro hasta la ventana y espero verlo tirado en el jardín, gimiendo, pero está bien, cuelga de la canaleta con una mano. Hasta que se rompe por su peso y él cae, llevándose la canaleta con él.

—Perdón, —grita—. ¡La arreglaré!

Cierro la ventana de un golpe, rechino los dientes tan fuerte que Channing probablemente pueda oírlos desde el jardín delantero.

* * *

Sigo enfadada cuando me dirijo a la cocina por el almuerzo. Channing no bromeaba sobre el envío de víveres. Un poco después del mediodía llegó un coche y un chico desgarbado, idéntico al que trajo la pizza, con los brazos llenos de bolsas marrones hacia la casa. Un poco esperaba bajar a encontrarme con una mesa llena de bolsas de víveres llenos de helado medio derretido, pero Channing guardó casi todo.

Geo tuvo mucho peso en elegir qué pedir. El congelador está lleno de papas rejilla y rolls de pizza congelados y hay doce cajas gigantes de cereales con azúcar, del tipo que nunca compraría a menos que estuviéramos acampando. Añado esto a la lista de pecados de Channing, pero cuando abro el refrigerador, un bosque brillante de lechuga verde y morada me recibe. Hasta hay albahaca fresca. Al lado de la cafetera hay una elegante tabla de quesos, del tipo que compraría para llevar a una fiesta, junto con cajas de tres tipos diferentes de galletas. Y un frasco de mis aceitunas verdes preferidas. Cuando estaba embarazada, me comía un frasco de aceitunas Castelvetrano al día. Las deseaba, y Geoffrey conducía por toda la ciudad para encontrar las vinotecas elegantes que las vendían.

Channing debe haber recordado la historia. Geo era bebé cuando Channing se mudó con nosotros. Él era un adolescente alocado, entraba y salía de la casa a cualquier hora. Nunca pensé que lo habría notado o que le habría importado.

Estoy comenzando a pensar que no conozco a Channing para nada.

* * *

C*hanning*

El sol está alto y hace calor en el techo. Me pondría una camisa por respeto a Julia, pero a los seis segundos estaría empapada de sudor. Llamé a mi amigo Buddy, un transformista de la zona, y tiene tiempo de ayudarme con estos proyectos de construcción. También puede hacerme una oferta para unas ventanas nuevas.

Debería comunicarle esto a Julia. Estaba estresada esta mañana y molesta por mi presencia. Es más fácil decirle después que pedirle permiso. También es más divertido. Es tan linda cuando se enoja.

Me suena el teléfono y lo saco. La pantalla dice Deke, así que respondo con una sonrisa.

—¿Me extrañaste, papi?

—No.

Espero, pero no dice nada, así que pregunto,

—¿Qué sucede?

—Acabo de dejar a los trillizos en la montaña Osos Malvados.

—¿Recién ahora? —Hago un cálculo rápido—. Han pasado treinta y seis horas.

—Lo sé. Es una larga historia. —La voz de Deke promete un mundo de dolor a cualquiera que pregunte de más, así que no lo hago—. Averigüé algunas cosas. Resulta que los Tres Terribles se enteraron del club de pelea por una aplicación nueva. Hay una sala de chat privada que frecuentan los transformistas, la mayoría adolescentes.

—Bueno.

—Hice que me mostraran la aplicación y leí los mensajes. ¿Este tipo Hannibal? Está allí. Y ha desafiado a varios transformistas adolescentes a encontrarse con él allí para pelear. Los trillizos mordieron el anzuelo.

Un escalofrío me recorre.

—Los atrajo hasta allí.

—Exacto.

Está tramando algo. No puedo probarlo, pero eso dicen mis instintos.

—Lo sabía. No pude oler su animal.

—Tengo a Kylie hackeando la aplicación y averiguando lo que pueda. Te pediría ayuda, pero sé que estás en una misión.

—Sí. —Miro hacia abajo a la teja en mi mano—. Es más compleja de lo que pensé. Pero llámame si me necesitas.

—Eso haré. Mantén los ojos y las orejas atentas. —Me cuelga.

Froto los nudos en mi pecho. ¿Una aplicación para transformistas adolescentes? Tiene sentido. La pubertad apesta. Ayudaría tener una manada de amigos que entiendan lo difícil que es, sobre todo para transformistas como Geo que viven separados de su especie.

Pero es peligroso. Las aplicaciones se pueden hackear, o alguien como Hannibal puede aparecer a acechar adolescentes ingenuos. La tecnología lo cambia todo.

Hay un gruñido que me recorre. Mi lobo quiere cazar. No sé qué tipo de animal era ese extraño Hannibal, pero quiero morderlo. Sobre todo si lo encuentro cerca de Flagstaff. Nuestro encuentro con él fue demasiado cerca de lo de Julia como para sentirme cómodo.

La voz tensa de Julia me encuentra. Está en la cocina, hablando con alguien por teléfono. La mujer tiene dos teléfonos: uno para el trabajo, uno personal y está en el del trabajo casi todo el día.

Guardo mi celular y me lanzo del techo. Está de espaldas a mí y sus hombros se elevaron casi hasta sus orejas.

—Entiendo que es el comienzo del año, —dice Julia con un tono calmo pero frustrado—. Estoy pidiéndole que me dé sus calificaciones hasta ahora. No, no quiero esperar hasta diciembre. No, yo... sí, puedo esperar. —Ella suspira y gruñe para sí misma.

Ha comido algunos pedazos de queso y media botella de aceitunas, nota mi lobo con satisfacción. Quiere alimentarla.

Abro la puerta y arrastro los pies a propósito sobre la alfombra, así me escucha.

Ella me mira y levanta una mano. La persona al otro lado de la línea chilla y Julia se frota la frente.

—Sí, el último boletín disponible.

Escucho tonos cortantes de algún administrativo irritado al otro lado que le está dando problemas.

—No tengo a ningún Sánchez en el sistema.

—Mi apellido es Sánchez. Su apellido es Armstrong. A-R-M-S-T-R-O-N-G.

—A Julia le empieza a sonar el celular. —Lo saca de su bolsillo trasero y mira con enojo la pantalla.

—Déjame. —Estiro la mano para que me pase el teléfono con el administrativo del colegio.

Ella se aleja negando con la cabeza y sosteniendo ambos teléfonos en la mano.

Detesto que esté estresada. Que tenga el peso del mundo en sus hombros con nadie que le dé un descanso.

Odio que sea mi culpa. Mi lobo quiere traerla a mis brazos y reconfortarla. Pero nunca me dejaría.

Avanzo con velocidad de transformista y le saco el teléfono de la mano.

* * *

J*ulia*

Un momento me está dando vueltas un administrativo del colegio con la voz de una esponja de acero. El siguiente, le estoy hablando al aire.

Atiendo la llamada de Kim, el consejero opositor en una adquisición que intenta llevar a cabo mi jefe, mientras escucho a Channing a medias.

—Hola, ¿con quién estoy hablando? —Channing se lleva el teléfono a la oreja. Me guiña un ojo y me muestra esa sonrisa con hoyuelos que probablemente lo deje entrar en los pantalones de cualquier mujer—. Hola, Bárbara. ¿Cómo estás? —-Ronronea Channing, su voz suave como la seda—. Sé que estás ocupada hoy, pero déjame decirte que tienes una voz hermosa.

Pongo los ojos en blanco, pero volteo, confiada de que puede encargarse de Bárbara.

—El Sr. van den Berg no quiere ceder en ninguna de esas partes. Pero puede haber algo de lugar para negociar en los paquetes de separación, sólo en eso, —le digo a Kim—. Miraré tus comentarios, pero ya puedo decirte que no son negociables.

Escucho a Channing encantando a Bárbara para que le envíe las notas sin tardanza.

—Lo aprecio, Bárbara. Envíaselas a... —me mira y señaló la dirección de Woodman Prep en los formularios que apoyé sobre la mesada.

Está usando esa inclinación de *oh diablos* de su cabeza. Funciona, hasta por teléfono. Mierda.

Kim me dice que volverá a hablar con su jefe.

—Genial. Si crees que sería útil agendar una reunión con las partes principales y resolverlo en persona, van den Berg y yo probablemente podamos ir a Nueva York la semana entrante.

No puedo creer que esté ofreciéndome a viajar por esto. Odio viajar por toda la planificación anticipada que requiere para asegurarme de que Geo esté cubierto, pero algunas negociaciones simplemente no suceden entre abogados. Tienes que poner a las partes juntas en la habitación.

Termino la llamada con Kim al mismo tiempo que Corto la llamada corta con Bárbara esponja de metal y me muestra sus hoyuelos. Niego con la cabeza.

—Otra mujer cegada por tu encanto.

—Estoy aquí para ayudar. —Channing invade mi espacio y toma mi teléfono personal para ponerlo sobre la mesada antes de hacerme retroceder. Está sin camisa y el aroma de su sudor, limpio y masculino, hace que mi centro lata.

—No funciona conmigo, —miento.

—¿Estás segura de eso? —Su gruñido grave va directo a mi centro.

Volteo, pero ahora estoy atrapada entre los gabinetes de la cocina y su cuerpo. Lo que es peor es que no quiero moverme.

—Estaba bien sin tu ayuda.

—Sé cuál es tu problema, —ronronea en mi oído. ¿Por qué lo dejé acercarse tanto? Sus manos tocan mis hombros y les hacen masajes. Se siente tan bien que contengo un gemido—. Tienes problemas con el control.

Por supuesto, tiene razón. La mayoría de los abogados son de tipo A. Organizados. Controladores.

—Soy una madre soltera. Tengo que estar a cargo de las cosas. —Mi argumento se ve debilitado por cómo se mueve mi cabeza, que acepta feliz su masaje.

—Necesitas relajarte. Puedo ayudarte con eso.

—Eres un grano en el culo, —gruño.

—Puedo estar en tu culo.

Mis ojos se abren de golpe. Su pene se hunde en mi trasero.

—¿Qué? —Lo miro y luce tan inocente.

—¿Qué?

—Retrocede. —Me arriesgo a poner una mano sobre su pecho para empujarlo hacia atrás. Su piel quema mi palma. Da un pequeñísimo paso hacia atrás—. No quiero tu ayuda.

—Lo siento. —Levanta ambas manos—. Sé que te has encargado de todo sola todos estos años. Te dejé totalmente a tu suerte. Has hecho un trabajo asombroso. Pero estoy aquí ahora y quiero tu ayuda. ¿No sería más lindo relajarse y dejar que alguien más se encargue? —Cierro los ojos para poner algo de espacio entre nosotros, pero su voz grave me recorre—. Sería tan sencillo. Sólo descansa y déjame hacer todo el trabajo.

Las imágenes llenan mi cabeza, algunas de mi sueño, de ver a Channing desnudo, y más, nuevas imágenes mías en todas las posiciones, obedeciendo todas sus órdenes.

—Relájate, Julia, —susurra y lo hago, inhalo su aroma.

Lo escucho inspirar entrecortado, como si estuviera igual de excitado que yo. Es posible que esté tan molesto por esto como yo.

Siento la caricia más leve de las puntas de sus dedos tocar mi cabello para apartarlo de mi rostro.

—Lo siento, —vuelve a murmurar—. Nunca quise lastimarte al mantenerme lejos. No me di cuenta... que importaba tanto.

Abro los ojos y encuentro su rostro hermoso y borroso, oscurecido por mis lágrimas no derramadas.

—Claro que importabas, Channing. Eras parte de nuestra familia. Mi familia. Eres el tío de Geo. Te amaba como a mi propio hermano.

Ni bien lo digo, sé que es un error.

La vulnerabilidad en el rostro de Channing se transforma en un rostro imperturbable de batalla, el mismo que vi anoche en el deck.

Y entonces me doy cuenta de que esta atracción definitivamente no es de un sólo lado. Channing también la siente. No he estado imaginando cosas.

Y acabo de, sin darme cuenta, negarlo todo al decir que me sentía como su hermana.

Él me sonríe de forma tensa, sin hoyuelos y se aleja, y me quedo sola, anhelando lo que acabo de despreciar.

Giro el anillo de bodas sobre mi dedo. Miro hacia abajo.

¿Estoy lista para seguir? Han pasado años desde la última vez que estuve con un hombre. Después de un hombre como Geoffrey, *un transformista*, los humanos comunes no eran ni un poco interesantes para mí.

Pero Channing no es un humano común y corriente. Es un transformista por completo. Todo un hombre. Hace que mi pulso se acelere y se me caliente la sangre. No puedo negar que desde que apareció en mi entrada, me he estado imaginando cómo sería estar con él.

Si hubiera otra persona en el planeta que pudiera llenar esta necesidad en mí, este vacío, creo que sería Channing.

Me quito el anillo, miro fijo mi dedo sin él, y me lo vuelvo a poner.

No lo sé. Avanzar da más miedo que aferrarse al dolor del pasado.

Escucho los sonidos de Channing moviéndose por la casa, revisando las cerraduras, guardando cosas, y me doy cuenta de que el dolor del pasado ya se ha transformado en algo más.

Anhelo.

Anhelo por el futuro.

Capítulo Siete

C*hanning*

Por dos días, mantengo la cabeza gacha y hago todo lo que puedo para ayudar en la casa. Arreglé el techo. Hoy lijaré el deck y las sillas. Mañana las pintaré y las sellaré. El coche de Julia necesita que le cambien el aceite y lo revisen. Buddy vendrá con sus herramientas a ayudarme con eso.

Y todo el tiempo me recuerdo a mí mismo que Julia me ama *como a un hermano*.

Es asombroso. Eso hará que sea mucho más fácil irme una vez más cuando esté seguro de que Geo está cómodo transformándose.

Me recuerdo a mí mismo el hecho unas treinta veces al día para evitar tocarla. Hermano. Hermano. Hermano. Sólo su hermano. Estoy usando todo lo que puedo para evitar marcarla con mis dientes. Para evitar traicionar el recuerdo de mi hermano al reclamar a su pareja.

¿Por qué el Destino nos haría enamorarnos a los dos de la misma humana? He escuchado de algunas manadas inusuales de transformistas en las que los hombres se ponen en pareja de a pares, pero nunca hermanos. Y son especies algo diferentes de lobos.

Es interesante ver que no tuve la necesidad de marcarla hasta que murió Geoffrey. Pensaba que era ardiente. Disfrutaba estar con ella. Pero no fue hasta su funeral que me llegó la necesidad de marcarla y reclamarla. Como si el Destino me hubiera puesto de suplente. Pero sólo tenía diecinueve. Estaba mucho de fiesta, saliendo con Buddy. Trabajaba en una pizzería local y hacía carreras de coches para ganar algo extra. Básicamente, no hacía nada de mi vida.

Julia tenía diez años más. Una abogada. Fuera de mi alcance. Y estaba lamentándose por mi hermano. Sabía que no era capaz de ponerme en sus zapatos. Ni siquiera cerca. Nunca lo estaré.

Así que me uní a los militares para quitarme la tentación de Julia y crecer. Supongo que, inconscientemente, elegí modelarme a la imagen de Geoffrey y volverme digno de ella. Pero aprendí rápido que no podía ser Geoffrey. No soy serio y determinado. Soy un bromista. Fluyo con las cosas. Sigo la corriente. Me encanta reírme. Nunca tuve el deseo de liderar. Soy un gran soldado.

Y entonces me reclutó el equipo de agentes transformistas del Coronel Johnson, era el mismo tipo que había reclutado a Geoffrey. Y... los años pasaron. Era más fácil mantenerme alejado que aparecer y arriesgarme a estropear el recuerdo de mi hermano seduciendo a su pareja.

Julia ciertamente no necesitaba que confundiera las cosas.

No tenía idea de que estaba herida por mi ausencia. Que me hubiera querido cerca.

Pero *como a un hermano*. Como tío de Geo.

No como pareja.

Entro a la sala de estar para encontrar a Julia en una

alfombra de yoga con el trasero en el aire. No sé por qué no está trabajando ahora mismo. ¿Algún tipo de recreo?

Todo lo que sé es que me está matando.

Juraría por el destino que intenta tentarme a propósito desde ese día que me dijo que me amaba como a un hermano. Camina por las noches con una bata corta de seda. Gime cuando está sola en su cama.

Escuché su vibrador anoche y casi tiro abajo la puerta para llegar a ella.

Todo lo que puedo decir es, gracias al Destino que Geo necesite correr en el bosque todas las noches porque es lo único que me ayuda a mantenerme calmo.

Ahora mismo tiene un sostén deportivo y unos pantalones cortos y ajustados. Sus piernas tonificadas lucen sorprendentes, y su trasero...

Aw, mierda.

No puedo contener el gruñido bajo que sale disparado de mi boca cuando empuja ese trasero hacia atrás en mi dirección. Ella camina sobre sus manos hacia atrás adonde están sus pies y se sostiene de los tobillos, me mira entre sus piernas.

Entonces lo veo. O más bien, no lo veo. El anillo de bodas no está en su dedo.

Oh, mierda.

—Hola, Channing. —Su voz suena rasposa. Realmente sensual.

Se me pone dura.

—¿Qué...? —me aclaro la garganta— ¿qué estás haciendo?

—Yoga. ¿Qué parece?

No puedo evitar acercarme más. Demasiado.

—¿Necesitas ayuda? —No debería haberlo dicho.

Como hermano.

Me ama *como a un hermano.*

Pero se quitó el anillo. ¿Quizás sólo lo está limpiando? ¿O se estaba poniendo crema? ¿Quizás no lo usa cuando hace yoga?

—No. —Ella pasa por un par de poses más, luego se queda en la misma posición, con el trasero volteado hacia mí.

Busco sus caderas sin siquiera saber que lo haré. Mis manos toman los lados de su pelvis, otro gruñido erupciona de mis labios.

Espero que Julia se enoje. Quizás me patee en el rostro.

Pero en vez de eso, se congela. Como si estuviera esperando ver qué haré.

Necesito alejarme, mierda. Quitar las manos de encima de la pareja de mi hermano. Me obligo a soltarla y dar un paso atrás.

Ella se para y voltea, sus mejillas están sonrojadas por estar dada vuelta.

—¿Puedes poner una pierna arriba de tu cabeza? —Opto por casual y seductor. Mi modo playboy.

—¿Por qué?

—Sería útil. —Guiño el ojo y me alejo.

Siento el aroma a su excitación antes de hacerlo y me toma mucho esfuerzo no voltear, levantarla y llevarla a la habitación. O mejor aún, bajar a esa alfombra de yoga y...

Nop. No sucederá.

¿Pero por qué no? Puede que ella *diga* que me ama como a un hermano, pero su cuerpo responde al mío. Quizás sólo necesite darle un poco de placer. Hacer que cambie su perspectiva hacia mí.

Oh. Mierda.

Desde su habitación, vuelvo a sentir el sonido de ese maldito vibrador. Un pequeño quejido.

No puedo evitarlo. Estoy llegando al picaporte de su habitación antes de siquiera decidir si moverme. Y una vez dentro... no puedo evitarlo.

Julia está boca arriba, el vibrador metido dentro de sus pantalones cortos de yoga en su clítoris, sus ojos alocados.

Me obligo a caminar lento. A no saltar para aterrizar en su cama y cubrir su cuerpo con el mío.

Ella me mira y mueve la herramienta entre sus piernas, y sé que mis ojos deben cambiar de color porque puedo sentir el calor y el cosquilleo del Cambio que intenta apoderarse de mí. Mi lobo quiere marcarla. Ni siquiera la he besado todavía y ya está listo.

—Ahora, ¿puedo ayudarte? —Mi voz es una lija.

Ella inhala de forma entrecortada pero no responde. Sólo mantiene esos ojos oscuros en mí. Sostiene el vibrador quieto mientras sus caderas se mueven contra él.

La habitación da vueltas. Mi pene está más duro que el mármol.

—¿En qué estás pensando?

Ella jadea.

—Nada.

—Vuelve a intentarlo. Julia, ¿en qué estás pensando cuando te das placer a ti misma?

Ella deja de moverse.

—No te detengas, —le ordeno. No quiero hacerlo, pero algún tipo de orden alfa invade mi voz, y ella la sigue con una necesidad de deseo, tira su cabeza hacia atrás y gime mientras mueve las caderas contra la vara.

—En ti, —susurra, con la voz ronca—. Estaba pensando en ti.

La satisfacción fluye por mí de cabeza a pene. Estoy bastante desesperado por meterme entre sus piernas y terminar el trabajo, pero no quiero cambiar absolutamente nada de este momento. De ver a Julia así, salvaje y entregada, desesperada por obtener satisfacción mientras piensa en mí.

—Buena chica.

Sus caderas tiemblan como si mi halago fuera suficiente para hacerla acabar.

—Sigue tocándote. —La orden alfa se cuela en las sílabas. Los humanos no suelen responder como lo hacen los lobos, pero parece que a Julia le parece sensual. Le debe gustar un poco de dominación en la habitación.

Me paro a los pies de la cama, la mirada puesta en mi hermosa mujer.

Toco sus pantalones cortos de yoga y se los saco para poder ver el lugar entre sus piernas.

Ella hace sonidos necesitados ahora con su garganta. Llora y se queja. La desesperación por acabar inunda cada sílaba.

—Eso es, Tesoro. Muéstrame cómo te das placer pero no acabas.

Ella se queja.

—Sé que estás lista, pero sigo disfrutando del espectáculo. Luces tan hermosa cuando te dejas ir.

Ella gime algo más.

—Desliza tu mano hasta tu pecho.

Con una mano asegurando el vibrador, ella lleva la otra dentro de su sostén de yoga y se aprieta su propio pecho.

—Pellízcate el pezón. Muéstrame lo duro que puede ponerse, hermosa.

Ella mueve las caderas y llora mientras sus dedos presionan el pezón.

Desabrocho el gancho frontal de su sostén de yoga para que se abra y libere sus pechos. Bajo la cabeza y succiono el otro pezón mientras ella sigue dándose placer a sí misma, los dedos tocando el pezón, la vara entre sus piernas.

Tomo control de la vara, se la saco y la presiono en su interior, buscando su punto G con la punta.

—Usa tus dedos en ese clítoris, —le ordeno.

Ella frota y hace círculos sobre él, su vientre tiembla y se mueve hacia adentro y hacia afuera con sus respiraciones llorosas.

—Por favor... Channing. Tengo que acabar.

Oh, maldita sea. ¿Cuántas miles de veces he fantaseado con este momento? ¿Con Julia rogándome acabar con esa voz dulce como la miel que tiene? ¿Ese aroma a lila y lavanda que se mezcla con su excitación para formar el olor más mágico de la tierra?

Beso las estrías en su vientre. Muevo la lengua dentro de su ombligo. Luego capturo sus dedos y los muevo a un costado para poder succionar su clítoris endurecido. La torturo por unos buenos treinta segundos, metiendo y sacando el vibrador mientras succiono y golpeteo su clítoris y ella se pellizca ambos pezones.

Levanto la cabeza.

—Ahora, Julia. Acaba para mí, dulzura.

Ella grita. Sus caderas se levantan de la cama y sus rodillas golpean mis hombros, y libera un movimiento espasmódico y alocado.

Casi lloro al verlo, es tan hermoso. Tardó tanto en llegar. Es tan perfecto.

Julia, acabando para mí.

Todavía no es mía, pero se está entregando a mí.

Me permite ser testigo de su placer. Participar.

Quiero profesarle mi amor. Decirle cuánto tiempo la he deseado. Lo mucho que significa para mí, pero no soy bueno con ese tipo de cosas. Soy el tipo que hace chistes y relaja el ambiente. No el que se pone serio y muestra su alma.

Así que me confirmo con acariciar todo su cuerpo con mis manos, con tocar su piel. Con adorarla. Con mostrarle con mis acciones, mis caricias, lo que significa para mí.

—Bueno. —Ella se levanta con sus antebrazos, sin aliento. Hermoso.

—Te estaré ayudando *mucho más* por aquí, —prometo con una sinceridad de broma.

Una risa se eleva y sale disparada de sus labios. Ella toma una almohada y me la arroja.

—*Channing*. —Se ríe y está exasperada.

Hice todo mal.

—Sal de aquí. —Hay una sonrisa en su rostro, pero apunta a la puerta.

Sin querer poner demasiado a prueba mi suerte, dejo un beso más en su vientre y me alejo de la cama.

—*Mucho* más, —reitero mientras camino hacia atrás hacia la puerta.

Su sonrisa es puro sol y tierra cálida. Pero niega con la cabeza como si todavía fuera el adolescente incorregible que llega a las seis de la mañana y despierta a Geo muy temprano.

Salgo de su habitación y cierro la puerta, me inclino contra ella por un momento y memorizo cada detalle de la escena antes de volver a mi lijar afuera.

* * *

Julia

Es sorprendente lo diferente que puede ser un orgasmo con otra persona comparado a los que llego sola. Y Channing ni siquiera estaba dentro mío.

Me ducho y abro un poco la ventana porque no estoy segura de qué tan bueno es el sentido del olfato de Geo ahora, no quiero que sepa que estuve jugando con Channing mientras estaba en la escuela.

Ni siquiera sé cómo me siento yo acerca de lo que acaba de suceder entre nosotros, mucho menos cómo presentárselo a mi hijo.

Ah, ey, decidí hacerlo con tu tío. Eso no es raro, ¿verdad?

No es que lo hayamos hecho en serio. Pero definitivamente quiero más. Mucho. Mucho. Más.

Pero no puedo dejar de pensar en diferentes ideas que causan pánico en cuanto a estos avances.

O sea, no soy realmente del tipo que simplemente fluye con las cosas. Pienso y sobre pienso. Y todas mis ideas me llevan a que esto es una mala idea. Sé que el sexo con Channing sería asombroso, pero no soy realmente del tipo que pueden separar sexo de amor.

Y no puedo abrirle mi corazón a un tipo que saldrá disparado de aquí en otros cinco minutos y se alejará por otros diez años más. Definitivamente no puedo abrirle mi corazón a un tipo que está involucrado en misiones arriesgadas que involucran narcotraficantes, explosiones, y lo que sea que ha estado haciendo en su trabajo.

¡Y eso es sin tener en cuenta el hecho de que es diez años menor que yo y el hermano de mi esposo fallecido!

Pero lo extraño es que no se siente desleal a Geoffrey. Estar con Channing se siente más bien como honrarlo. Channing fue una parte de nuestra vida juntos. Geoffrey amaba profundamente a Channing. Yo también, pero ahora de otra forma.

Ahora lo veo como un hombre. Un hombre hermoso, capaz y extremadamente atento. Uno al que mi cuerpo ansia casi tanto como mi corazón solitario.

Me quité el anillo de bodas esta mañana y lo guardé en mi joyero. Algún día quizás Geo pueda dárselo a su pareja. Reconozco que es hora de continuar, ya sea de permitirme sentir placer con otro hombre o de algo más.

Sigo normalmente con el resto de mi día laboral, y salgo una hora después de que Geo llega a casa de la escuela para encontrar a Channing parado afuera, mojándose con la manguera sin camisa. *Otra vez.*

Veo por la ventana de la cocina cuando se para para hablarle a Geo, el agua corriendo en onda por sus músculos esculpidos.

Dios mío, ¿este hombre se vestirá alguna vez? ¡Me está torturando!

Por supuesto, debo admitir que yo también lo torturé un poco, con eso del yoga. Vi que lo había lastimado con el comentario de hermano y, bueno, supongo que no me gustó la dirección que tomaban las cosas desde allí.

Tener a Channing cerca me hace volver a sentirme hermosa. Vista. Deseada.

Él mira hacia arriba y nuestros ojos se encuentran. Esperaba que fuera incómodo después de lo que acaba de pasar. Lo alejaría para poder respirar. Pero hay tanta promesa oscura en su mirada verde que se me aflojan las rodillas.

¿Quién lo hubiera dicho? El bromista relajado tiene un lado intenso. Y, parece ser, un lado semi-responsable a juzgar por cómo está ayudando en la casa y guiando a Geo.

Y entonces sucede. A pesar de que pienso que no es la mejor idea. A pesar de que me niego. Las puertas de mi corazón se abren y una inundación de afecto surge de mí para encontrar a Channing.

Debe verlo en mi expresión porque su mentón se levanta y la esperanza florece en su sonrisa lenta y sensual.

Esperanza.

¿Por mí?

¿Puede que eso sea posible? Mi cabeza da vueltas.

No sé qué está sucediendo. ¿Channing está intentando seducirme?

No, no. Eso es una locura. Vino porque Geo llegó a la pubertad y finalmente está aceptando sus responsabilidades de tío. Necesito recordarme a mí misma que no se puede confiar en este hombre.

No es Geoffrey, sin importar lo mucho que me pueda recordar a él.

Pero estoy empezando a disfrutar el hecho de que esté aquí. Y mi cuerpo está vivo otra vez.

Pongo algo de arroz en la hornalla y prendo el horno para cocinar un pollo. Probablemente no sea suficiente carne para mis lobos, pero siempre puedo abrir uno de los muchos paquetes de salchichas que pidieron si necesitan una segunda cena después de correr.

Me muevo por la cocina, cantando, sorprendida por lo relajada que me siento. Pero no sólo por el orgasmo, o quizás es eso. Pero también es por tener a Channing aquí.

Las cosas se sienten diferentes. Dos personas no son realmente una familia. Toda la carga estaba sobre mis hombros. Era agotador. Por mucho que me resistí, es lindo tener a alguien más en la casa para ayudar.

No sé cuánto se quedará, pero será mejor que lo disfrute mientras esté aquí. Unas vacaciones en casa. Puedo vivir con eso.

Channing y Geo entran por la puerta trasera. Los vaqueros de Channing están húmedos por su ducha con la manguera y cuelgan por debajo de su cintura, así que tengo una vista clara de la V de sus músculos que llevan a la tierra prometida.

Él me descubre mirándolo y me guiña el ojo.

Maldita sea.

No quiero entregarme a sus encantos. Necesito defenderme de lo que sea que es esto.

—Me ducharé. —Él mueve su pulgar hacia el baño y alejo el deseo de seguirlo—. Geo tiene algo de tarea que hacer antes de que podamos ir a correr. —Él mira rápido a Geo y mueve la cabeza hacia las escaleras—. Ve a hacerlo.

—Bueno. —Geo las sube de a dos a la vez. No hay rastros de mal humor o vagancia. Quiere hacer lo que sea que Channing le diga, parece.

—La cena estará lista en unos cuarenta y cinco minutos, —le digo. Guau. Igual que una familia real. Se siente tan bien que me aprieta el pecho.

Los hoyuelos de Channing se vuelven más profundos.

—Perfecto. Me alistaré y bajaré a ayudarte.

Me sirvo otra copa de vino y hago una ensalada. Cuando Channing sale del baño, pone la mesa y se sirve su propia copa de vino. Apoyo la cadera contra la mesada y lo miro.

—Salud. —Él choca la copa ligeramente contra la mía y se acerca a mi espacio. Invade mi cordura.

Lo observo. Tengo que preguntarlo.

—¿Por qué te mantuviste alejado tanto tiempo? —Puedo decirlo sin que suene como una acusación. Sin resentimiento.

Sólo quiero saberlo, realmente.

El dolor contorsiona su hermoso rostro. El mismo dolor que vi cuando murió Geoffrey. Él baja la cabeza y mira fijo el piso entre nosotros.

—¿Fue demasiado doloroso? —Le pregunto con suavidad—. ¿Te recordó mucho a lo de Geoffrey?

Cuando Channing levanta la mirada, está pestañando fuerte.

—No. —Niega con la cabeza—. No fue eso. Fue doloroso, pero...

Espero a que él continúe, pero no lo hace. Mira por la ventana que se oscurece, sus ojos brillan un poco y me dicen que pueden ver en el atardecer mucho mejor que yo.

—¿Pero qué?

—Quería estar allí para ti, —dice entrecortado.

—¿Entonces por qué no lo hiciste? —Esta vez, mi voz se quiebra; no puedo evitar que vuelva algo de la emoción. Algo de mi resentimiento—. Te necesitábamos, Channing.

—Necesitabas a Geoffrey, —dice con un tono gruñón, uno que no estoy acostumbrada a escuchar de él—. Necesitaba un hombre. Alguien que pudiera protegerte y ocuparse de ti. Alguien responsable. Yo no era ese hombre, Julia. Entonces me fui. Fui a convertirme en el hombre que era Geoffrey.

Inclino la cabeza, mis ojos se achican con confusión.

—No necesitaba que fueras Geoffrey. Sólo necesitaba a mi familia. —Las lágrimas invaden mis ojos. El dolor debajo de mi resentimiento se eleva y pide ser expresado—. No lo entiendes. Estábamos de duelo... perdí a mi esposo y al padre de mi hijo. ¡Y luego te perdí a ti también! Mi único consuelo cuando lo duelaba era que al menos Geo tendría un tío. Y entonces los perdimos a *ambos*. ¿Qué hicimos para merecer tu rechazo?

—Julia, —se ahora Channing. Sus ojos lucen húmedos —. No podía quedarme. No lo entiendes.

Le pego en el pecho.

—¡Explícamelo!

—Porque soy un desastre, Julia. No quería arruinarles las vidas a ustedes también.

Niego con la cabeza. Nada de esto tiene sentido.

—¿Cómo podrías?

Channing se mete las manos en los bolsillos, un gesto que lo hace lucir más como el adolescente rebelde que recuerdo.

—Fue el día del funeral. El ataúd ni siquiera había sido bajado al suelo cuando... —Él deja de hablar y le cuesta tragar.

—¿Cuándo qué?

—Mi lobo... —Él inhala como si no hubiera suficiente aire en la habitación—. Mi lobo dejó en claro que quería reclamarte.

Me voy hacia atrás con sorpresa. Pestañeo, intento procesar lo que significa.

—¿Qué? —Mi mano va hacia mi muslo externo, en donde Geoffrey me marcó con su aroma la noche en la que me reclamó. Las cicatrices siguen allí, más permanentes que el simple anillo que me quité. El aroma a Geoffrey sigue allí, les dice a los otros lobos que he sido reclamada.

Channing se encoje de hombros miserablemente.

—Eras la pareja destinada de mi hermano... y también la mía. —Sus ojos brillan verdes cuando me mira fijo.

Mi copa de vino se desliza de mis dedos y la recoge con reflejos rápidos como un rayo, derramando el zinfandel rojo sobre ambos.

—¡Oh por Dios! —Agradezco la distracción. La oportunidad de organizar mis ideas. —Lo siento. —Tomo un repasador y lo presiono contra su camiseta blanca manchada.

—Julia. —Él toma el repasador de mis manos y lo apoya sobre la mesada. Cuando toma mi cabeza con ambas manos, no hay nada de niño en él.

Ahora es todo un hombre.

Mis bragas se mojan. La piel entre mis piernas se tensa.

—¿Ahora lo entiendes? ¿Por qué me fui y me mantuve alejado? ¿Por qué tuve miedo de volver?

Mi respiración se volvió errática. Alocada. Estoy hipnotizada por su mirada verde brillante. Por la intensidad de su concentración en mí.

—¿De qué tenías miedo? —Susurro.

—De esto. —Baja la cabeza y me besa. Es un beso apasionado, lleno de amor y necesidad y promesa de placer. Sus labios se mueven sobre los míos, reclaman mi boca, la acarician. La saborean. Su lengua se desliza por el borde, presiona, atrevida pero respetuosa. Lo suficientemente lenta para que la rechace si quiero.

Pero no.

Nunca he querido tanto que me besen en la vida.

Nunca quise entregarme a alguien. Nunca me sentí tan preciada.

Todo este tiempo, me esperó.

Channing Armstrong. Me deseaba a mí.

Se negaba el placer de tenerme.

Creció por mí.

Siento la importancia de esto en el piso de madera debajo de mis pies. En el temblor y las sacudidas de los árboles fuera de la ventana. En las paredes de la casa.

Geoffrey era asombroso. Geoffrey era ardiente y dominante y masculino.

Channing es todas esas cosas, pero con el legado del dolor y el deseo de todos estos años. Se torturó por mí.

Sé lo que significa para un lobo tener una pareja no reclamada. Sé que puede matar a algunos hombres. Que se vuelven lunáticos.

Channing casi se mató por mí.

Así que toco su cabeza y le devuelvo el beso. Lo beso hasta que ambos nos afiebramos y él me levanta de la cintura y me sienta en la mesada. Me separa las rodillas para pararse entre ellas y desliza sus manos para subir por mi camiseta.

Y entonces Geo baja corriendo las escaleras.

Channing se aleja de mí y se frota la boca con la mano mientras voltea para ver a Geo, que nos mira fijo a ambos con ojos grandes.

Encuentro mi voz.

—¿Terminaste tus deberes?

Capítulo Ocho

Channing

La culpa oscurece mi carrera con Geo. No estoy seguro de si me siento culpable por no estar allí todo el tiempo o por aparecer de la nada y querer reclamar a su mamá. No he actuado con integridad, y quiero golpearme mi propia cara por eso.

Ambos fingimos en la cocina que no estaba a punto de empujar a su mamá hacia atrás en la mesada y darme un festín entre sus piernas y que gritara hasta lastimarse la garganta.

Es viernes por la noche, así que corremos más tiempo y nos detenemos en el risco para practicar transformarnos. Le enseño cómo encontrar ciervos y lo detengo para que no siga el aroma de un lince que sintió. Por supuesto, podría ganar una pelea con un lince, pero no hay razón para cazar a otro depredador.

Después de correr, nos transformamos y nos cambiamos para comer una segunda cena en el deck recién lijado. Es tarde y la casa está oscura. Julia ya se fue a la cama.

Cuando terminamos, nos sentamos en una compañía relajada.

—Yo, eh... —Me aclaro la garganta—. Debería contarte acerca de las parejas transformistas.

—Está bien, —dice Geo rápidamente. ¿Porque qué chico quiere hablar de sexo con un adulto que apenas conoce y que está coqueteando con su mamá?

—Los lobos están en pareja toda la vida. Los transformistas tienen parejas destinadas. La única pareja que nos da la naturaleza es la unión perfecta.

Geo deja de fingir que me ignora y mueve su cabeza para mirarme.

Asiento.

—Algunos lobos nunca encuentran a su pareja destinada. Forman pareja de todos modos, crean sus familias y viven en total felicidad.

Él sigue mirándome, quizá espera que llegue al grano.

—Si o cuando encuentres a tu pareja destinada, lo sabrás, porque tendrás la necesidad de marcarla.

La frente de Geo se arruga con confusión.

—Tus colmillos bajarán con una capa de suero única para ti. La morderás y dejarás tu esencia permanentemente unida a su piel, así todos los demás hombres sabrán que ha sido marcada y que te pertenece.

Geo se mueve hacia atrás con sorpresa.

Me muevo hacia adelante porque es importante que Geo entienda estas cosas. Es un lobo. Algún día, espero que encuentre a su pareja destinada.

—Tu mamá... ella era la pareja destinada de tu papá.

—Tu hermano.

—Así es.

—¿Qué hay de ti? —Sus ojos reflejan la luz de la luna.

Ya amo tanto a este chico. No sé cómo pude mantenerme alejado.

Me aclaro la garganta.

—Tu mamá también es mi pareja destinada. Por eso me mantuve alejado. Lo descubrí justo después de que muriera tu papá, y era demasiado pronto. Tu mamá necesitaba hacer el duelo y yo tenía que crecer.

—¿Cuántos años tenías?

—Diecinueve.

Él inclina la cabeza y absorbe todo esto sin mucha expresión.

—¿Entonces marcarás a mi mamá? ¿O ya lo has hecho? —Él frunce el rostro con asco—. No importa, no quiero saberlo.

Le muestro una sonrisa afectuosa.

—Tu mamá ni siquiera me ha perdonado mantenerme lejos por tanto tiempo. Pero si sucede, lo sabrás. —Me toco la nariz.

—Claro. Lo sentiré. Qué asco.

Sonrío más.

—No es asqueroso. Es la naturaleza del lobo. Es nuestra forma de tener anillo de bodas.

Geo abraza sus rodillas con sus largos y desgarbados brazos.

—Genial.

—¿Lo es, amigo?

Él se encoje de hombros.

—Sí.

—No... nunca me sentí digno de tomar el lugar de mi hermano. Sé que no puedo hacer eso. Pero... estoy aquí para ti, Geo. Sin importar qué suceda entre tu mamá y yo, puedes depender de mí. Quiero que lo sepas. —Lucho por tragar el nudo en mi garganta. Esto es mucho más grande que mi inmensa atracción por Julia. Se trata de Lana. Y de la promesa que le hice a mi hermano—. Eres mi sangre. Mi familia. Mi manada.

Geo se pone de pie como si no le hubiera mostrado mi alma, admitido lo que he estado evitando por los últimos diez años.

—Genial. Me iré a dormir.

—Buenas noches, Junior.

—Buenas noches.

Me pongo de pie y voy a lavarme. Julia aparece en el umbral de la puerta abierta del baño con unos pantalones cortos de dormir minúsculos y un top corto y fino. Ella apoya las manos en ambos lados del marco y eso hace que sus pechos se levanten y se separen, que se mueven bajo la tela fina de su camiseta de dormir. Es una invitación clara y es todo lo que puedo hacer para evitar reclamarla justo donde está.

Ella inhala profundo, es probable que note el cambio de color en mi iris.

—Parece que necesitas ayuda otra vez, —gruño.

Una sonrisa seductora aparece en sus labios.

—Así es.

* * *

J*ulia*

Channing me señala con un dedo y avanzo, bajo los brazos a los costados. Ni bien estoy a una distancia alcanzable, él acomoda las manos en mi cintura.

Se siente tan bien que me vuelvan a tocar.

No me di cuenta de lo mucho que necesitaba esto.

Honestamente no sabía que iba a suceder entre Channing y yo. Ha hecho bastante para alarmarme. Desaparecer. Mantenerse alejado por diez años. Reaparecer y decir que soy su pareja.

Me está costando reconciliarlo todo. Creo que simplemente tengo que olvidarme del joven que se fue de aquí y empezar a conocer a este Channing.

Channing, el hombre dominante en la habitación y cuidadoso con mi hijo.

El tipo que en realidad no conozco.

Necesitamos reiniciarnos por completo.

Él me levanta, me gira y me sienta en la mesada del baño.

—Ahora, ¿dónde estábamos? —gruñe y se para entre mis piernas, me sube la camiseta con un movimiento suave. Mis pezones se ponen duros bajo su mirada caliente. Frota sus pulgares sobre las puntas marcadas mientras me muerde la oreja.

Tomo su camiseta en un puño.

—*Ahora* estás usando una camiseta, —me quejo—. La única vez que desearía que no fuera así.

Él la saca por encima de su cabeza con una mano en un movimiento elegante.

—Estoy feliz de solucionar ese problema. —Me besa bajando por mi cuello mientras pongo mis palmas sobre su pecho dorado.

Este tipo probablemente haya estado con cientos de mujeres y mi número es tres. En total. Dos antes de Geoffrey y ninguno desde entonces. Tener intimidad con alguien después de tanto tiempo sola y básicamente con un solo hombre por años antes de eso es... un poco extraño.

Ni siquiera sé si soy buena en esto. Si recuerdo cómo hacerlo.

Geoffrey era tan dominante, tenía el control en la habitación. Channing es un poco más respetuoso. O quizás sólo se esté conteniendo.

Sigo las ondulaciones de sus abdominales con la punta del dedo.

—Es... es mucho que procesar; tú. Yo. Esto.

Él me acaricia el rostro y lo levanta hacia el suyo.

—Lo sé. —Acaricia sus labios sobre los míos y explora con suavidad. Muerde. Me prueba—. Podemos ir lento. Acostumbrarnos el uno al otro. Ver si puedes conmigo. — Me dedica su sonrisa más encantadora y siento mariposas.

Envuelvo su cintura con las piernas y tiro su cadera hacia adelante.

—Puedo contigo, —susurro.

Él pone su antebrazo detrás de mi trasero y me levanta de la mesada para llevarme a la habitación.

Cuando me apoya boca arriba en el centro de la cama, me pongo nerviosa.

—Ha, eh, pasado un largo rato para mí, —admito.

Channing acaricia entre mis senos con la palma y baja a mi vientre alguna vez firme. Ahora la piel está demasiado flácida y las estrías siguen presentes de mi embarazo hace catorce años.

—Iré lento, —promete Channing. —Tira de mis pantalones cortos y gruñe cuando ve que me afeité esta tarde.

—¿Esto fue por mí? —Besa mi monte, acaricia con la yema de su pulgar ligeramente sobre mi hendidura, sin separarme aún, sólo provocándome con unas caricias de pluma. La humedad se junta en mi entrada.

Mis músculos internos se aprietan y tiemblo.

—Bueno, no sé qué está de moda estos días y...

Me frena con un dedo sobre mis labios.

—Es perfecto. Me encanta, maldición. Tan lindo.

Como para probarlo, separa bien mis rodillas y se arrodilla entre mis piernas, mordiendo y besando subiendo por mis muslos internos.

Dejo salir un suspiro tembloroso. Pone una rodilla sobre su hombro y me lame, sigue la parte interna de mis labios con la punta de la lengua. Aprieto y me voy hacia atrás, empujo contra su boca para sentir más.

—No, no. Chica mala. No estás a cargo aquí. —Channing toma mis muñecas y las pone a mis lados.

Oh Dios. Channing el bromista es ridículo pero encantador. ¿Pero Channing el amante dominante? Me mareo con deseo. Mi vagina se llena de humedad, mi piel se acalora.

Channing lo nota. Levanta la cabeza para darme una sonrisa satisfecha.

—¿Quieres que alguien toma el control, no, Tesoro? ¿Para dejarte ir y disfrutar una vez? —Él baja la cabeza y mueve la lengua alrededor de mi clítoris.

¿Será así? Mi primer instinto es negarlo. Necesito control. Me ayuda a sentirme segura y capaz y organizada. Así pude terminar la carrera de derecho. Así crié a mi niño como madre soltera y trabajadora.

Pero no puedo negar que mi cuerpo responde a que me pongan las manos a los costados. A saber que Channing hará lo que quiera entre mis piernas y no será decisión mía cómo o cuándo llegue al orgasmo.

Quizás eso también ayude a mis nervios. Con lo extraño de la intimidad después de un período tan largo de inactividad. No tengo que fingir, sólo tengo que dejar que Channing tome el control.

—¿Debería atarte, Tesoro? —Levanta la cabeza una vez más, sus ojos brillan verdes en la oscuridad—. Sí, creo que necesitas ser atada.

Me lamo los labios, más excitada de lo que podría haber imaginado. Channing pone mis muñecas sobre mi cabeza, las deja juntas.

—No te muevas. —Hace ese truco suyo de que su orden resuene por todo mi cuerpo.

Un orgasmo me recorre. Sólo así, sin contacto físico. Sólo con su voz profunda y ronca.

Las cejas de Channing se levantan y pone una falsa cara de preocupación.

—¿Acabaste?

Mi cabeza se mece sobre mi cuello, mi cerebro entre en cortocircuito por la descarga inesperada.

—No... o sea, sí. Oh por dios.

—¿*Dije* que podías acabar?

Me río de forma entrecortada. ¿Así jugaremos a esto? Estoy muriendo.

Adoro a este Channing. Todo mi cuerpo está vivo. Vibra. Está desesperado por cada cosa depravada que quiere hacer conmigo.

—No me arrepiento en realidad, —me río mientras él camina hasta mi vestidor y abre un cajón.

Vuelve con un soquete alto mío y lo usa para atarme las muñecas.

—¿No te arrepientes? Quizá quieras repensar esa respuesta. —Él me pone boca abajo y me da una nalgada en el trasero, lo suficientemente fuerte como para hacerme saltar y chillar.

—Auch. —Me río y me muevo para recibir más.

Me da tres nalgadas fuertes más, luego desliza sus dedos entre mis piernas. Estoy tan mojada y lista que sus dedos se hunden en mi entrada, guiados por mi piel hinchada.

—Hmm, también te gusta un poco de castigo. Estoy aprendiendo todo tipo de cosas que no sabía acerca de ti. —Su pulgar se desliza en la hendidura de mi trasero y se acomoda en mi entrada de atrás mientras me muerde el hombro.

Jadeo, aprieto ante la sensación. La caricia más que íntima me acelera los motores aún más, incluso mientras me retuerzo para alejarme.

—No, no. —Me reta Channing y aplica presión en mi ano mientras sus dedos se arquean adentro y afuera de mi entrada empapada.

Estoy lista para volver a acabar. No sé si es porque ha pasado mucho tiempo desde que estuve con una pareja o...

No, es Channing.

Es muy bueno en esto y mi cuerpo responde como si le perteneciera.

Con los brazos atados arriba de mi cabeza, mi rostro presionado contra las mantas. Muerdo el acolchado, giro y levanto las caderas.

—Acabaré de nuevo, —le advierto.

—No, no lo harás. —Usa la voz. Hace que todo cosquillee debajo de mi cintura.

—Por favor, Channing.

Él sigue explorando mi canal húmedo mientras masajea mi agujero trasero.

—Mmm. Me gusta cuando ruegas.

—Por favor. Oh Dios, por favor.

—¿Qué necesitas, Tesoro?

Lo quiero más profundo. O más en mi clítoris. O que me dé permiso... Espera, ¿en serio estoy esperando permiso para tener un orgasmo? ¿Yo? ¿La obsesiva del control?

Sí, supongo que así es. Le di todo el control a Channing y se siente maravilloso. Ligero y liberador. Hasta cuando estoy mareada por la lujuria.

—Más, —exijo—. Necesito más.

Los dedos de Channing salen de mi canal mojado y se mueven sobre mi clítoris. Un escalofrío me recorre. Estoy tan cerca.

Pero todavía no me da lo que quiero. Lo que necesito.

—Necesito acabar, —ruego—. Por favor, Channing.

Y entonces llego a lo que necesito. A lo que mi cuerpo tanto desea.

—Te necesito.

El gruñido de satisfacción de Channing rebota por la habitación. Él saca los dedos y me da una nalgada en el trasero. Una advertencia, quizá, de que pedir por él significa que se pondrá duro. Rudo.

No puedo esperar a experimentar toda la dominancia de Channing. A ver lo que sucede cuando el Channing encantador y relajado desaparece y puedo ver al depredador detrás de esos hoyuelos.

Escucho ruido a ropa mientras se quita los vaqueros y luego se sube encima mío.

—Llevo protección, —dice y escucho que se abre un paquete de aluminio y abre un preservativo—.

—Abre las piernas, Julia. —Usa la voz de Orden Alfa. Al menos, eso creo que es. Es timbre particular de voz que hace que mi cuerpo se debilite y se entregue. Húmedo con deseo.

Abro las piernas. Mis pezones rozan contra el acolchado. Mis brazos siguen bien estirados por encima de mi cabeza.

—Buena chica. —El gruñido cálido me da escalofríos.

—Por favor, —me quejo. Ahora no me molesta rogar.

Channing me aprieta el trasero con ambas manos, sus

caricias son fuertes y posesivas. Separa mis cachetes y no se mueve por un momento, como si disfrutara la vista de tenerme abierta y expuesta a él.

—Tan linda, maldición, —gruñe.

Las dudas que tenía antes, las preocupaciones por el estado de mi cuerpo de casi 40, post embarazo o por mi habilidad de tener intimidad con alguien nuevo, todas se evaporan.

Channing me hace sentir hermosa.

Levanto las caderas como invitación, arqueo mi espalda baja aún más.

—Se lo haré pronto a ese lindo trasero, —jura Channing mientras me abre más las piernas y pone su pene entre ellas.

—Sí, —prácticamente lloro cuando frota la cabeza sobre mis flujos resbaladizos.

—¿Me necesitas aquí? —Él sigue provocándome, sin entrar, sólo se frota sobre mi hendidura.

—Sí.

—Se mete en mí con un empujón glorioso y satisfactorio.

—*Dios*, sí. Es grueso y largo y demasiado pero tan perfecto.

—¿Esto necesitabas, Julia? ¿Un paseo largo y fuerte sobre mi miembro?

Estoy bien estirada con él, abierta. Esta unión de nuestros cuerpos, este acoplamiento se siente vital y necesario. Como si esto fuera una cosa que me hubiera faltado toda la vida.

—Sí. Channing.

Él frena y casi muero. Luego empuja profundo y fuerte con un movimiento de sus caderas.

—Dilo otra vez. —Su voz es una lija áspera.

—Sí, —respondo, luego me doy cuenta de lo que significa—. *Channing*. Sí, Channing.

—¿El pene de quién necesitas? —Otro empujón brutal y una pausa.

—El tuyo. Por favor.

Y luego Channing se libera. Escucho que exhala fuerte mientras se sostiene con un puño al lado de mi cabeza y toma mi nuca, me sostiene hacia abajo como si fuera su muñeca sexual.

—Te daré lo que necesitas, Julia. —Él empuja contra mí, encuentra un ritmo digno del orgasmo, lo suficientemente fuerte y rápido. Bien áspero.

Podría acabar en cualquier momento, pero espero.

—Channing... Channing... —repito.

Cada vez que digo su nombre, él gruñe. Como si físicamente lo afectara escucharlo.

—¿Necesitas que acabe, Julia? —Su voz es tan grave, tan animal, que apenas entiendo las palabras.

—Sí, —lloro. Estoy desesperada. Pero tampoco quiero que esto acabe. Es tan bueno.

Todo lo que no sabía que necesitaba.

Channing sale y me quejo, decepcionada. Me da vuelta.

Lo busco con mis manos atadas, pero las baja de nuevo contra la cama mientras se sube sobre mí.

—Quiero ver tu rostro cuando acabes, hermosa. Pero no hasta que lo diga. ¿Entendido?

—Sí. —*No*. No lo entiendo, pero diría lo que fuera ahora mismo para obtener la descarga que necesito.

—Buena chica.

Diría lo que sea por otro *buena chica* de Channing. No soy el tipo de persona que necesita aprobación, pero cada vez que lo dice, una llama se enciende, me calienta desde adentro.

Channing levanta mis piernas para poner mis tobillos sobre sus hombros anchos y musculosos. Alinea la cabeza de miembro con mi entrada y empuja.

—¡Sí! —Grito. La breve ausencia de tenerlo dentro hace que todo sea más increíble y satisfactorio ahora—. Por favor, Channing.

—Aún no, Tesoro. —Hay una orden en su voz. Enciende todas las terminaciones nerviosas de mi cuerpo. Se cuela en mis huesos.

Me reclama.

Su *voz* me reclama.

Si así se siente que me reclame el timbre de su voz, ¿cómo sería que me reclame él totalmente?

Pero no, no estoy lista para eso. Es mucho para contemplar.

Mis pensamientos se desordenan, se pierden en el peso delicioso de la mano de Channing sosteniendo mis muñecas, de sus caderas chocando contra las mías. De su miembro grande y glorioso deslizándose adentro y afuera de mí.

—Más, —ruego, aunque ya está chocando contra mí fuerte y rápido.

Pone mis piernas de nuevo en mis hombros para que esté en una posición de arado, con el trasero hacia cada empujón.

—Me encanta ese yoga, —gruñe. No guiña el ojo ni me muestra sus hoyuelos. Está demasiado ido para eso.

Me encanta verlo así. Arrebatado por la pasión. Por mí. Channing perdido por mí.

Va más lento, me pone de lado y sube una de mis rodillas hasta mi pecho, tomándome en esta posición. El ángulo es delicioso y también el contacto de Channing contra mi espalda, una mano poderosa sostiene la parte trasera de mi muslo con una fuerza notable.

La respiración de Channing se vuelve entrecortada. Él empuja con más fuerza.

—Channing...

—Dilo otra vez. Está jadeando. Sus palabras se entrecortan. Las sílabas se cortan.

—Channing.

—Una vez más.

—*Channing.*

Sus empujones son salvajes y rudos. Su pene está muy caliente.

—Acaba para mí, Julia. —Él empuja hacia adentro y se queda, acomoda sus caderas contra mí mientras se descarga con violencia.

Aprieto y tomo su pene con mis músculos internos. Tiemblo y me sacudo con ola tras ola de placer bien ganado.

—Channing, —murmuro una vez más mientras sus empujones se vuelven más gentiles, desliza una mano para apretar mi pecho y pasamos el momento juntos. Aprovechamos cada temblor y sacudida.

* * *

C hanning

Salgo y arrojo el preservativo en el tacho cerca de la cama y luego llevo a Julia a mis brazos.

No soy de abrazar. Tampoco soy del que llora y da las gracias. Soy respetuoso. Le doy a una mujer lo que necesita. Las encanto bien antes de irme.

Pero abrazar a Julia después del sexo es un maldito *honor.*

El propósito de mi vida.

Más de lo que merezco. Todo lo que anhelo.

No marcarla durante el sexo fue un maldito tormento, pero mantuve mi mandíbula cerrada. Evité que mis colmillos lastimaran esa delicada piel humana.

No es mía para reclamarla.

En mi mente, y estoy seguro de que en la suya, sigue perteneciéndole a Geoffrey. Sabiendo eso, no puedo superar la culpa que evoca lo inadecuado de querer reclamarla.

Pero igual puedo darle placer. Puedo aliviar la carga mientras esté aquí. Ser el guía que Geo necesita.

No me mantendré alejado tanto tiempo otra vez. Diablos, podría conducir a Flagstaff desde Taos todas las semanas si quisiera hacerlo. Pero entrar en el territorio de Geoffrey, marcarla como mía, no sería correcto.

Además de eso, estoy seguro de que no sería bienvenido.

Ella recién acaba de perdonarme por arruinar mi rol de tío.

—Esto se siente tan extraño, —murmura, sus labios suaves contra mi pecho.

—Lo sé, —respondo. Entiendo por su confesión que ha pasado mucho tiempo, que no ha estado con nadie desde Geoffrey.

Parte de mí se siente como un imbécil por entrometerme en esa lealtad. Pero ella merece placer. Ella merece un hombre en quien descansar. Un compañero. Incluso si no es alguien tan honrado y digno como Geoffrey.

Ni siquiera diré que soy lo mejor que queda porque estoy demasiado lejos de Geoffrey. Todos los hombres de mi manada probablemente sean más dignos de una mujer como Julia que yo. Pero soy el tipo que está aquí. El que mataría y moriría por ella.

El que haría lo que fuese por protegerla a ella y a Geo.

Besar su cabello, sentir su aroma a lavanda y lilas.

—Es extraño pero bueno, —dice y mi corazón da un doble salto.

Tan bueno. De algún modo logro mantener la voz forme.

Mi lobo me urge a llevarlo más lejos, pero lo ignoro. Por ahora, esto es suficiente. Mi pareja está aquí en mis brazos. Desnuda. Satisfecha. Bien amada.

No reclamada, pero eso puede esperar.

Esperaría una vida entera por esta mujer.

Capítulo Nueve

ulia

El martes, me despierto antes que Channing y me envuelvo con una bata caliente. Sin querer despertar a nadie, deslizo mis pies en los zapatos de entrecasa y salgo al deck a ver el amanecer.

Hoy es el aniversario de la muerte de Geoffrey. No sé si Channing lo recuerda. Geo no lo hará. No suelo hacer mucho espamento por ello.

Los últimos cuatro días, Channing me puso el mundo de cabeza. En el buen sentido. Hace café a la mañana, lleva a Geo al colegio. Invitó a su amigo transformista, Buddy, y juntos terminaron todos los pequeños proyectos de la casa que se acumularon con los años.

Buddy es un tipo raro, alguien enorme que conduce una Charger vieja en mal estado. Su cabello es grueso y negro, excepto por el mechón blanco justo en el centro. Quiero saber qué tipo de transformista es, pero no estoy segura de que sea educado preguntar. Cuando lo conocí, me miró con sueño y no dijo nada, sólo ayudó a Channing a reemplazar todas las ventanas de la casa.

—No es de hablar mucho, —me dijo Channing más tarde—. Pero es el mejor en vigilancia.

—¿Lo usaste para mantenernos vigilados?

Channing me miró con una sonrisa de secreto. Protesto, pero por dentro me encanta que haya hecho tanto por protegernos. Por cuidar de mí.

Channing arregló cada cosa rota en la casa.

Incluyendo mi vida sexual.

Esa ha sido la parte más increíble. Todas las noches me hace gritar de placer. Anoche me tuvo al borde del orgasmo por más de una hora antes de finalmente darme la orden de acabar.

Nunca llegué tan fuerte al clímax en mi vida.

Ha sido genial con Geo. Se asegura de que haga la tarea. Lo lleva a correr después del atardecer. Dice que Geo ahora puede transformarse de humano a lobo en un momento.

Lo que me pone ansiosa.

Porque no sé si Channing se quedará mucho más. Dice que soy su pareja, pero no hemos hablamos para nada de lo que eso significa. De lo que quiere.

Y probablemente sea demasiado pronto de todos modos. Estamos conociéndonos de nuevo.

Pero hoy, todo se siente difícil y duro.

Suelo pasar el aniversario de la muerte de Geoffrey en la naturaleza, dando una caminata. En el bosque donde a Geoffrey le encantaba correr. Todos los años se vuelve más fácil y más difícil. Más fácil porque el dolor deja de tomarme tan fuerte. Más difícil porque su recuerdo desaparece aún más. No quiero dejar ir los pequeños recuerdos y recordatorios que solían salir a lastimarme. Quiero tenerlos siempre. Honrar todo lo que fue Geoffrey para mí.

Pero este año no sé qué pensar.

Channing está aquí. Dormí con él. Muchas veces.

Se siente desleal al recuerdo de Geoffrey, pero no totalmente equivocado.

Se abre la puerta despacio detrás de mí y Channing sale sin nada más que sus bóxeres.

—Ey. —La palabra es suave. Está mezclada con preocupación.

Él también lo recuerda.

Viene y me envuelve en sus brazos desde atrás. Una de sus manos está cerrada.

Se la abro y encuentro las tarjetas del ejército de Geoffrey.

—¿Dónde las encontraste? —Las tomo de su mano y las giro. Verlas me destroza justo en el medio. El ejército es lo que me lo quitó.

—Las tomé cuando murió. Yo... necesitaba algo suyo que me recordara el tipo de hombre en el que me quería convertir. —Escucho un océano de dolor y arrepentimiento en la voz de Channing.

Presiono las etiquetas de nuevo en su mano. No volteo porque ya estoy tan vulnerable. Es más sencillo hablar sin contacto visual. Unidos pero sin la intensidad agregada de estar cara a cara.

Miro el cielo cambiar de color de tonos grises a rosas y naranjas.

—Estaría tan orgulloso de en quién te convertiste, Channing.

Channing se aclara la garganta.

—No lo sé.

Ahora yo giro. Debo hacerlo. ¿Channing tiene alguna idea de que todavía no llega a estar a la altura?

Y, *oh, Dios,* ¿he reforzado esa idea al tratarlo como el desastre que siempre fue cuando llegó aquí esta vez? Una banda tensa aprieta mis pulmones.

—¿Por qué dices eso? —Exijo saber.

Channing se encoje de brazos.

—No soy Geoffrey. No soy el líder de mi equipo. Soy un vendido. Dejé el ejército para hacer trabajos particulares. Sigo siendo el tipo que preferirías invitar a una fiesta que a tener una conversación seria.

Se me cierra la garganta.

—Channing... quizás no se suponía que fueras Geoffrey. Se supone que seas tú.

Él cierra los ojos y niega con la cabeza.

Tomo ambos lados de su rostro con las manos.

—Lo digo en serio, —afirmo con suficiente ferocidad como para hacer que se abran sus párpados—. No eres Geoffrey. Piensas diferente. Tomaste diferentes decisiones en la vida. Pero eso no quiere decir que eres menos valiente. O que tu corazón no es bueno. O que tienes menos honor. —Incluso mientras lo digo, puedo pensar en ejemplos en los que ambos sabemos que no ha sido así. En los que lo culpé, y parece que se ha culpado a sí mismo—. Escucha, Channing. Estaba enojada contigo por abandonarnos, sí. Pero ahora entiendo que no lo hiciste. Estabas cuidándonos todo el tiempo. Enviando dinero. Instalando seguridad. ¿Qué más has hecho que ni siquiera sé? —Lo pregunto por una corazonada, esperando encontrar algo.

Levanta la mirada hacia el borde del bosque y mira por encima de mi hombro.

—Compré ese terreno para que Geo pudiera correr.

—¿Qué? —Volteo y miro la línea de árboles.

Asiente.

—¿*Tú* eres el que compró toda la tierra a nuestro alrededor?

—Los lobos necesitan espacio para correr. Lo tenías,

pero temía que alguien viniera y desarrollara la tierra, así que me aseguré de que no pudiera suceder.

Las lágrimas invaden mis ojos. Pongo los brazos alrededor de Channing y apoyo mi mejilla contra su pecho.

—¿Lo ves? —Hay emoción en mi voz—. Eres una versión diferente de Geoffrey. Una más joven, más arriesgada, cuyo corazón siempre ha estado intacto. Él me dijo que estarías aquí para nosotros, y así fue. Sólo que no lo sabía en el momento.

Channing masajea la parte de atrás de mi cabeza.

—¿Te dijo que estaría aquí para ustedes? —Su voz es ronca.

Asiento.

—Me dejó una carta en la caja fuerte. La encontré un par de meses después de que... —me ahogo.

—Qué... —Channing se aclara la garganta—. ¿Qué decía?

* * *

Channing

Julia toma mi mano.

—Ven aquí. Puedes leerla tú mismo.

Ella me guía a su habitación y abre una carta doblada en el fondo del cajón de su joyero. Dejo las etiquetas en el cajón. Ella debería tenerlas.

La carta está escrita en un papal amarillo de cuaderno, simple y directa, como Geoffrey. La tinta en el papel está gastada ahora. Los bordes están estropeados y gastados como la hubiera sacado y leído al menos cien veces.

Mis manos tiemblan un poco cuando la tomo.

Geoffrey fue como un padre para mí. Nuestro padre real era un idiota vago y egoísta y ni siquiera recuerdo a mi

148

mamá, quien se marchó cuando tenía cinco. Llegamos de una manada de una región apartada en Kentucky, cuya fuente principal de ingresos era cualquier cosa ilegal.

Geoffrey quería ser mejor, así que se marchó y se unió al ejército. Eso significó que yo tuviera poca supervisión. Para cuando tenía la edad de Geo, definitivamente estaba en modo salvaje. Robaba coches. Empezaba incendios. Creaba disturbios. Logré salir hablando de la mayoría de los problemas en los que me metí, pero me iba mal en la escuela. Cuando Geoffrey se enteró, me trajo a vivir en Arizona con él, aunque tenía una pareja nueva y un cachorro. Me dejó quedarme y entrometerme en su vida nueva juntos. Me alejó de la tentación de los problemas y me dio una oportunidad de mejorarme a mí mismo.

Apenas pienso en mi papá o en mi manada de origen, pero pienso en Geoffrey todo el tiempo. Las lecciones que me dio. Su protección. El amor.

Estiro el papel arrugado y lo leo rápido. Era para Julia. Una expresión de su amor por ella y su cachorro. Arrepentimiento de no estar allí para cuidarlos. Contiene algunos detalles prácticos: contraseñas y seguro de vida.

Y luego está la sección sobre mí.

Confía en Channing. Le importan tanto como a mí y sé que siempre estará allí para ustedes. Es el único hombre en el que confiaría para protegerlos y proveerles.

Me arden los ojos y pestañeo fuerte. Una montaña de gratitud y dolor mezclados me recorren.

Y de arrepentimiento. Porque no protegí ni proveí para Julia y Geo como lo necesitaban.

Pensé que estaba haciendo lo correcto, pero, como de costumbre, lo arruiné.

—Julia... —me ahogo—. Desearía no haber arruinado esto.

—No lo hiciste, Channing. —Ella envuelve mi cintura con sus brazos y moldea su cuerpo contra el mío—. Estaba herida porque no entendía. Pero eras sólo un niño. También estabas haciendo el duelo. Hiciste lo mejor que pudiste. Y te amo por eso.

Intento tragar, pero no puedo. Mi cerebro lucha rápido por intentar entender si dice amarme como a un cuñado o como algo más. Algo más.

Y se siente incorrecto siquiera esperar lo segundo el día que estamos recordando a Geoffrey.

Pero su aroma a lilas y lavanda está en mis fosas nasales, enloqueciéndome. Además, ya no estoy actuando como hermano para nada.

Acaricio la espalda de Julia con mis manos hasta que moldean su pequeño trasero firme de yoga. Aprieto y llevo sus caderas contra mi pierna para que ella pueda subirse a mi muslo, frotarse contra él cuando beso su cuello.

—¿Esto está bien? —Murmuro porque quiero ser respetuoso. Puede que se sienta culpable también por lo nuestro hoy.

Pero su respuesta se vuelve evidente cuando desliza una mano dentro de mis calzoncillos y hunde las uñas en mis nalgas.

—¿Sí? —La levanto y sus piernas envuelven mi cintura, sus brazos, mi cuello. Ella me besa como si estuviera hambrienta. Como si me necesitara tanto como yo a ella.

La dejo en la cama y me subo encima, arrastro la bata hacia abajo de sus hombros. Ella se saca las pantuflas y yo los calzoncillos. Suelo ser un amante atento, pero sigo teniendo el corazón en la garganta y mis emociones están expuestas y desordenadas. Necesito a Julia como necesito seguir respirando.

Antes de siquiera pensarlo, empujo dentro de ella y

conduzco hacia algún lugar. Algún lugar donde Julia y yo ambos hayamos sanado. De la muerte de Geoffrey. De perdernos el uno al otro después.

Ella se sostiene de mis hombros, clava las uñas en mi piel, sus tobillos se enganchan detrás de mi espalda y me instan a seguir. Hacia adelante. Dándonos vuelta con un ritmo frenético. Un ascenso necesitado.

—Te necesito, —jadea como si dijera mis propios pensamientos en voz alta.

—Estoy aquí. Siempre, Julia. Soy tuyo.

Hay lágrimas en sus ojos, pero no puedo ir más lento para besarlas. Para preguntar si está bien. Si necesita algo más que esta unión urgente. Esta comunión necesaria de dos corazones rotos pero enlazados.

Nuestras caderas se mueven a la par, las suyas se elevan para encontrarse con las mías, luego bajan con la fuerza de mis empujones, y se vuelven a alzar otra vez. Tengo la sensación de que todo el mundo se achica a este momento.

Su rostro enmarcado por mis manos, descansando en la cama.

Su mirada llorosa pegada a la mía. Como si pasáramos por el ojo de la tormenta juntos.

—Necesito esto, —jadea—. Te necesito.

Cada vez que lo dice, algún lugar herido dentro de mí se sana.

—Yo también te necesito. —Mis colmillos se alargan para marcarla, pero mantengo los labios juntos. Inhalo rápido por las fosas nasales para intentar alejar el instinto de marcarla.

Ella acaba, sus músculos se tensan alrededor de mi miembro. Mis ojos se ponen en blanco. Mi pecho se tensa.

Y luego recuerdo que no usé protección, así que salgo y

acabo en todo su vientre. La marco de una forma más temporal.

No es suficiente.

No para mi lobo.

Tendré que reclamarla pronto. Es eso o tendré que irme.

Capítulo Diez

hanning

La próxima tarde, me suena el celular. Buddy y yo pasamos las últimas horas trabajando en el coche de Julia y acabamos de entrar a limpiarnos y tomar una cerveza. Respondo en piloto automático y me paro afuera en el deck.

—¿Cómo va la misión? —Pregunta Deke.

—Bien, —respondo porque en realidad no quiero entrar en detalles. Técnicamente hice lo que vine a hacer: ayudar a mi sobrino en sus primeras transformaciones hasta que tenga suficiente confianza en sí mismo. Pero con cada minuto que pasa se vuelve más agonizante la idea de irme. ¿Cómo podría después de escuchar a Julia decir que me necesita?

Pero Deke no me estaría llamando para ver cómo estoy. Él no habla de temas triviales.

—¿Qué sucede?

—Tenemos más noticias de Hannibal.

—¿Lo has encontrado?

—Aún no. Pero hay evidencia de que habló con otros niños en chats privados.

—¿Para atraerlos al club de pelea? —Mi lobo se levanta y hace que mi voz sea un gruñido. Este personaje de Hannibal tiene que ser detenido.

—Todavía no estoy seguro. Kylie sigue buscando en la aplicación. Jackson también, desde un ángulo diferente. Quiere saber quién financia la aplicación.

Mi sangre se vuelve fría. Jackson King tiene una empresa de tecnología y ciberseguridad en Tucson. Si él no sabe quién creó la aplicación, entonces no es un transformista. Eso significa que los adolescentes transformistas están hablando en una sala de chat no segura de humanos.

Los adolescentes transformistas no se destacan por su discreción. Podrían exponer a toda la comunidad transformista con un par de publicaciones.

—¿Los humanos están detrás de esto? ¿O quizás una sanguijuela? ¿O un dragón? —Los vampiros y los dragones tienen billones para financiar una nueva empresa.

—Todavía no lo sabemos. Al principio pensamos que era otro chico transformista, pero la seguridad es demasiado buena. A Kylie le está costando hackearla. Pero lo hará. Está intentando obtener las ubicaciones de algunos usuarios, incluido Hannibal.

Saco las garras. Las hundo en mi palma.

—Dime cuando ubiques a Hannibal.

—Eso haré. Mantente atento. Puede que todavía esté en tu área.

Espero que lo esté. Me gustaría interrogarlo personalmente.

Guardo mi teléfono y entro justo a tiempo para escuchar a Geo preguntarle a Julia,

—Mamá, ¿puedo ir a un club de pelea?

Ay, mierda. La cabeza de Julia gira rápido hacia mí mientras le pregunta a Geo,

—¿Un qué?

—Un club de pelea. Para transformistas. Lo manejan los amigos de Channing. Tendrán uno temporal en Flagstaff.

Mierda. Levanto las manos.

—Me escuchó hablando con Buddy.

Ella niega con la cabeza, pero mantiene una voz gentil,

—No, eso no suena como una buena idea.

—Bueno. —Geo se encoje de hombros—. Entonces iré cuando tenga más de dieciocho.

Perdón, le digo con la boca a Julia mientras nos sentamos a la mesa. Julia hizo pasta e invitó a Buddy a que se quedara ya que él y yo estamos arreglando su coche juntos.

Después de cuatro platos de espagueti, me echo hacia atrás, me balanceo en la silla con las dos patas traseras. Mis abdominales se contraen con esfuerzo. Al otro lado de la mesa, Geo hace lo mismo, hace equilibrio y se sostiene del borde de la mesa hasta lograr el balance. El deleite aparece en sus ojos.

Julia no está nada contenta.

—¿Pueden parar con eso por favor?

Ambos dejamos que las patas delanteras caigan con un golpe seco.

—Gracias. ¿Los tres se divirtieron hoy?

—Ah, sí, —dice Geo—. Channing me está enseñando a conducir un coche. A encender uno sin llave también.

Las cejas de Julia se levantan.

—¿Disculpa?

—Nunca sabes cuando estarás escapando y necesitarás

un vehículo de salida, —Geo repite mi broma palabra por palabra.

Me estremezco.

Los labios de Julia se aprietan de una forma que me dice que me llevará a hablar de eso más tarde. Otro agregado a mi lista de pecados.

—Es como cuando estuviste en Bangkok, —sigue Geo—. En una misión. Y esos tipos te estaban disparando.

Julia respira profundo.

—Eso no fue Bangkok, —digo—. Y no nos estaban disparando. Sólo querían tener una... conversación. Con armas.

—Supongo que le contaste algo de tus misiones. —Julia no suena contenta.

—Al menos esa vez no disparaban balas de plata, —sigue conversando Geo—. Pueden matar a un transformista, sabes. Como esa vez en Italia cuando le dispararon a Rafe...

—Geo, —murmuro y deslizo una mano por mi cuello para decir *córtala*.

—De todos modos, tu trabajo es genial, —murmura Geo y se calma.

—Channing, —dice Julia—. No creo que aprender a conducir o a encender un coche sin llaves sea el aprendizaje que Geo necesita de ti.

—Claro. Perdón.

Ella inhala profundo y suspira.

—Debo irme de la ciudad la próxima semana. Un viaje de una noche a Nueva York. —Ella voltea hacia Geo, su tono es de disculpas—. Si pudiera evitarlo, lo haría.

—¿Un viaje de trabajo? —Mantengo mi voz casual, pero mi lobo quiere aullar—. ¿Con el Sr. Van de Culo?

Geo se ríe y Julia me mira de forma despectiva.

—Van den Berg, —me corrige, como si simplemente estuviera confundido.

Buddy mantiene la cabeza apuntando al plato, concentrado en masticar su tercer plato de comida, pero sé que está procesando cada detalle y que podría repetirlo palabra por palabra.

—Geo, hice planes para que te quedaras con la familia de Justin como la última vez.

—¿No puedo quedarme aquí? ¿Con el tío Channing?

Miro a Julia y asiento de forma sutil. Por supuesto que estoy dispuesto. Me encantaría tener algo de tiempo de hombres con el cachorro. Ya le enseñé a cambiarle el aceite al coche de Julia, y le compré una afeitadora y espuma de afeitar para la barba incipiente que tiene en su labio superior.

—Tal vez la próxima vez, —dice Julia.

Auch.

No debería dejar que me moleste. El hecho de que no crea que soy lo suficientemente responsable como para quedarme con Geo. De que no confíe en mí. Lo entiendo, no soy el mejor modelo a seguir.

Ella me mira pidiéndome disculpas.

—Es sólo que es más fácil así. Puede quedarse con su rutina normal. Ya hice planes con la mamá de Justin. —Ella voltea su mirada de nuevo a Geo—. Los recogerá a ti y a Justin de la escuela.

—Pero... —Geo empieza a protestar.

—Estará bien. —Porque mi trabajo es hacerle la vida más fácil a Julia, no más complicada—. Te quedas con tu amigo. Si necesitas algo, estoy a sólo una llamada.

El alivio que pasa por el rostro de Julia no debería ser tan profundo.

Mierda.

Puede que me haya ganado su perdón, pero no he probado que soy digno.

Y es posible que nunca lo haga.

* * *

Julia

Channing lava los platos con Geo y luego me encuentra terminando unos correos de último minuto en mi oficina.

—Ya casi termino de arreglar tu coche; puedo tenerlo para la hora que vuelves de tu viaje. Puedo ir a buscarte al aeropuerto, —me dice.

—No hay necesidad. Mi jefe mandará un coche. Llevaremos su jet.

Sus cejas se levantan.

—Bueno, qué pretencioso Sr. Burns.

Le dedico una mirada que dice *Basta*.

—No me gusta.

—Eso es interesante. A él no le gustas tú.

Él se inclina contra la puerta, no está para nada perturbado.

—Estás enfadada conmigo.

—No estoy enojada, sólo...

—¿Es porque le enseñé a conducir a Geo? ¿O lo de encender un coche sin llaves? ¿O porque le conté sobre mis misiones? —Él me mira con su expresión de *oh, diablos*, lo que hace que sea imposible seguir enfadada.

Pero alguien tiene que poner los límites aquí porque Channing claramente no sabe qué es apropiado para Geo y qué no.

—Todas las anteriores. Hazme un favor, ¿puedes saltearte las clases sobre actividades criminales y enfocarte en ayudarlo con su lobo? Déjame lo de ser padre a mí.

Su expresión no cambia, pero igual temo haberlo herido.

—Entendido, bebé. —Él me busca y me lleva a sus brazos. Parece que pasó por alto mis duras palabras sobre ser padre, pero me siento culpable. Sobre todo cuando sé que Channing lucha con sentirse como un desastre.

Pero Geo es mi niño. Mi vida. Lo es todo para mí. Sé que probablemente sea sobreprotectora, pero debo serlo. Soy madre soltera. No tuve un grupo o una manada que me ayudaran a criar a este niño.

Tengo familia, pero están en Nogales, del lado mexicano del borde. No los vemos tan seguido como me gustaría.

—¿Puedo compensártelo? —Channing muestra esa sonrisa suya que derrite bragas y me siento aún más culpable.

Sus manos se deslizan hacia abajo y moldean mi trasero. Pongo los brazos alrededor de su cuello y salto para subirme sobre él, sabiendo que mi peso no lo tirará. Él me hace sentir joven de nuevo. Flexible. Sensual.

Me lleva a la habitación, sus músculos hermosos resaltan mientras me apoya sobre el centro de la cama. Pero no me acuesto y dejo que haga lo suyo. Esta vez soy la agresora. Quizás quiero compensar el hecho de no confiar en él. O de probablemente haberlo herido.

Me pongo de rodillas y le arranco la camisa, luego busco el botón de sus vaqueros. Él se quita las botas y su respiración se acelera.

Me sorprende que este joven viril me encuentre tan atractiva. Que todavía me desee, hasta después de haberlo ofendido. Abro su cremallera y tomo su pene en mi puño, estiro la piel hacia la punta y disfruto la manera en la que crece y se alarga aún más en mi mano.

Channing se quita los vaqueros y los calzoncillos, luego me saca la blusa y me desabrocha el sostén.

Lo hago acostarse en la cama, boca arriba, para poder

trepar por encima de sus piernas y tomar su largo en mi boca.

—Oh, diablos, —dice ni bien mi lengua toca la cabeza de su miembro. Lo tomo en mi mejilla un par de veces, luego salto y lamo alrededor de la cabeza—. Tesoro.

Lo vuelvo a tomar en mi boca y ronroneo como respuesta, un puño en la base de su pene y mi mano deslizándose hacia arriba y abajo al ritmo de mi boca, así se siente como que lo tomo en todo su largo.

Él me sostiene la cabeza, sus dedos toman mi cabello con fuerza y luego sueltan y masajean mi cuero cabelludo, como si se acabara de acordar de ser gentil.

Me encanta.

Me encanta tener esta respuesta de él. Devolverle algo. Hacerlo sentir bien como me ha dado placer a mí.

Le masajeo las bolas con una mano y succiono fuerte, haciendo lugar en mis mejillas.

La respiración de Channing se vuelve rasposa y entrecortada. Golpea la cama al costado de su pierna.

—Súbete arriba mío, Tesoro, —jadea—. Quiero que acabes conmigo.

Voy más lento, lamo sus bolas, sigo la vena en la parte de abajo de su pene. Luego me bajo de la cama y me quito mis pantalones de yoga.

Channing toma un preservativo de la mesita de luz y se lo pone. Está arrodillado otra vez, pero empujo su pecho y lo obligo, ja como si eso fuera posible, a recostarse.

Obedece, sus ojos verdes brillan en la oscuridad.

Me subo sobre él y bajo hasta su erección, sin necesidad de más juego previo que la mamada. Su excitación me vuelve loca. Mis músculos internos se tensan con satisfacción y Channing gruñe, toca mis caderas para tirarme hacia abajo. Para que lo tome más profundo.

—Oh Dios. —Mis manos bajan a sus hombros anchos y me muevo mi cadera sobre la suya, froto mi clítoris contra sus partes.

Sus dedos toman mis caderas con fuerza y él me ayuda, me mueve hacia adelante y atrás, a encontrar un ritmo sostenible.

—Eso es, Tesoro. Llévame profundo. Busca tu placer.

Arrojo la cabeza hacia atrás. Muestro los dientes. Imagino que soy una loba tomando lo que quiere. No sé por qué me ayuda a liberarme, pero así es. Como si liberara mi lado animal. No es que tenga un lado animal. No como Channing.

Muevo mis caderas sobre las de Channing y me pongo más húmeda con cada momento que pasa. Me vuelvo más alocada. Más libre.

Pero entonces, no es suficiente.

Channing parece saber ni bien necesito un cambio porque gira nuestros cuerpos con un movimiento experto y pone el suyo sobre el mío. En esta posición, golpea contra mí y sostiene el cabezal de la cama con tanta fuerza que se rompe y él tiene que mover su mano para empujar contra la pared.

Y luego acabamos. Llego al clímax. Él me sigue. La habitación da vueltas. Se llena de arcoíris. Polvo de brillos dorados. Estrellas fugaces.

Ralentiza el ritmo, pero sigue meciéndose hasta quitarme la última gota de placer. Incluso después de ponernos de costado, se mueve dentro y fuera de mí y envía más olas de placer por mi cuerpo.

Su beso en mi frente es tierno. Como si significara algo para él.

—Lamento lo de Geo, —murmuro en la oscuridad,

después de que arrojó el preservativo a la basura, y estoy abrazada a su pecho.

—Está todo bien, —dice de forma automática.

Pero por alguna razón, sigo estando segura de que no es así.

Capítulo Once

*J*ulia

La mañana de mi viaje de negocios, llego a una pequeña pista con mi mejor traje combinado de blusa de seda y falda de traje, relajada por un paseo matutino sobre la lengua de Channing. Es mi primera vez en un jet privado, pero no puedo lograr emocionarme. Desearía estar de regreso en casa con Geo. Y con Channing.

Sólo han pasado unas semanas, pero no puedo imaginarme la casa sin su presencia.

—Por aquí, señora, —me guía el chofer y toma mi pequeño bolso.

Resoplo y pongo cara de estar lista. Estoy aquí para trabajar.

La parte interna del jet es tan lujosa como lo imaginé.

—Julia, bienvenida a bordo. —El Sr. van den Berg está cómodo en un sillón, con un vaso de escocés en la mano. Hace señas de que me acomode y me hundo en uno de los asientos de cuero blancos.

—¿Cómo está el joven Geo?

Intento, pero no logro sonreír.

—Se está comiendo mi casa entera, —informo porque sé que lo hará reír.

Él se ríe.

—Aprecio que sugirieras esta reunión cara a cara. Espero que Geo pueda manejarse sin ti.

—Por supuesto.

—¿Todavía no tiene la edad de irse de casa solo, no?

Dudo. *No confío en él,* la advertencia de Channing aparece en mi cabeza. Los lobos son protectores por naturaleza, pero también tienen buenos instintos. Recuerdo eso de Geoffrey. Si tenía una mala sensación con alguien, solía ser acertada.

Pero este es mi jefe y sólo está siendo educado, pregunta por mi niño. Es una charla casual. Hago a un lado la incomodidad.

—Ah no, se está quedando con un amigo.

La azafata me ofrece champaña, y acepto. Finjo beber el líquido mientras la ansiedad aparece en mi estómago.

—¿Entonces tu cuñado se ha ido?

Estoy segura de que sus preguntas sólo son amistosas, y normalmente disfrutaría del interés que tiene en mi vida personal, pero por alguna razón, hoy se siente entrometido. Entonces respondo vagamente,

—Entra y sale. Tiene un trabajo flexible.

El Sr. van den Berg bebe su trago y asiente.

Para frenar más preguntas, saco la portátil y abro el contrato para revisarlo.

* * *

Channing

Geo está con su amigo. Julia se ha ido. Podría salir a correr, pero mi lobo no tiene ganas. Prefiero quedarme en la casa y regodearme en su aroma. La casa está demasiado silenciosa sin ella y Geo.

Será mejor que me acostumbre. El lobo de Geo ya casi está listo. Y en cualquier momento haré algo estúpido y Julia me echará. No sé qué haré entonces. ¿Volver con mi manada? ¿Seguir con mis misiones? Eso funcionó por una década, pero ya no. Será necesario un acto del Destino para alejarme de Julia una segunda vez.

Cerca de las nueve de la noche, recibo un mensaje. *Club de pelea esta noche. ¿Vienes?*

No tengo el número guardado, pero sé que probablemente sea Trey o Jared con un celular descartable.

No puedo hoy, respondo. *Estoy de niñero.*

¿De niñero? Responden. Probablemente sea Trey porque nos molestamos todo el tiempo. *¿Una de tus mamitas finalmente te encontró?*

Sí, ese es Trey.

Sonrío, no porque mi reputación como galán esté firmemente intacta, sino porque a mi lobo le gusta la idea de que Julia sea mi mamita. Quizás pueda convencer a alguien de decirle a Julia mamita en su cara. Ella los mataría en el lugar.

Algo así.

Tienen que estar desesperadas para pedirte ayuda.

La sonrisa desaparece de mi rostro y guardo el teléfono. Sé que es una broma, pero las bromas sólo son graciosas porque hay algo de verdad detrás de ellas. Hasta mis amigos saben que no se me puede confiar un niño.

Salgo para trabajar en el coche de Julia. Necesito una parte más para arreglar la transmisión, pero puedo terminar con el resto con la linterna portable. Buddy tomó prestado mi camión y dejó su coche estacionado al otro lado de la calle sin salida. Volverá con pizza y la pieza.

Un par de horas después, me suena el celular con otro mensaje. Casi lo ignoro porque sospecho que es Trey criticándome. Esta noche mi lobo está incordioso, no puede acomodarse.

El instinto me hace mirar el mensaje. Es de Geo. *¿Puedes recogerme?*

Una sensación fría me recorre. Lo llamo y responde al primer tono.

—Ey, —su voz es baja, como si mantuviera la llamada en secreto.

—¿Cuál es el problema? —Pregunto. Todas las cosas que podrían andar mal aparecen en mi mente. El lobo de Geo está descontrolado, se revela a la familia. Geo está herido. Geo accidentalmente hirió a alguien más.

—No lo sé, —duda Geo.

—¿Estás irritado? —Me refiero a su lobo—. ¿Olvidaste hacer tu tarea? Necesito hacer la tarea significa que su lobo está inquieto y quiere alejarse de la gente, quizás transformarse.

—Olvidé mi medicación, —repite el código que le enseñé que significa que su lobo necesita que lo saquen de inmediato.

—Te tengo, Geo. Estaré allá de inmediato. Ya estoy caminando por la calle. Envíame la dirección.

—Gracias. ¿Qué le digo a la Sra. Meyers?

Reviso mi teléfono. Son las once de la noche.

—Puedo explicárselos a ella y a tu mamá. Escápate de la casa ahora.

—Bueno. Creo que estoy bien.

—Es mejor ser precavidos. Confía en tus instintos. ¿Me

haces el favor de llamar a tu mamá? Dile que te olvidaste tu medicación. Ella conoce el código.

—Gracias, tío Channing.

—No hay problema. Hiciste bien, Geo. Llámame si me necesitas.

Mis pasos son más lentos cuando llego a mi motocicleta. Le presté el camión a Buddy y al coche de Julia le faltan piezas. Podría tomar el de Buddy, pero no dejó las llaves, así que tendría que encenderlo de otro modo. Incluso así, nunca tiene mucho combustible en el tanque y el motor es muy poco confiable. ¿Me tomo el tiempo y me arriesgo a que Geo y yo lleguemos a casa oliendo a marihuana?

Será mejor tomar la motocicleta. No es que ganaré el premio al padre del año. Cuando Julia se entere, me disparará. Tendrá que conseguir una bala especial para dañarme, pero eso no la detendrá. Derretirá los cubiertos ella misma.

No importa. Necesito sacar a Geo de una situación tensa.

Quizá por eso mi lobo ha estado incordioso toda la tarde. Sabía que algo andaba mal.

Quizá mis instintos sean correctos después de todo.

L lego a la casa del amigo de Geo y tomo mi teléfono. Intento llamar a Julia un par de veces, pero da con el buzón de voz de inmediato.

Geo se queda en las sombras junto a la casa con su mochila. Cualquiera haya sido el instinto que me dijo que algo andaba mal desparece cuando lo veo. Luce tranquilo y relajado, no en lucha con su lobo. Quizás sólo quería estar conmigo.

La idea desata una explosión de calor en mi pecho.

—A mamá le dará un infarto, —anuncia, y sonríe cuando le paso el casco.

Le devuelvo la sonrisa.

—Son circunstancias excepcionales. Siempre pide disculpas, no permiso. ¿Tienes hambre?

Le hace mucho ruido el estómago, hasta para escucharse en el barrio. Quizás por eso no podía dormir.

—Sube antes de que los vecinos piensen que estamos intercambiando drogas, —digo y lo hace—. Pararemos a buscar comida china.

Conducir de noche es una de mis cosas preferidas. El aire fresco, la oscuridad sin fin. Me emociona.

No es cómo esperaba darle a Geo su primer paseo en motocicleta, pero esta es una emergencia, ¿así que por qué no disfrutarlo?

Geo me abraza y se mueve en las curvas como un experto. Debería enseñarle a andar en moto solo. Es lo suficientemente grande para poder hacerlo. Grande como para entender las medidas de seguridad. No legamente, ¿pero a quién le importa eso?

Ya casi llegamos al restaurante cuando noto la camioneta negra que gira para tomar la misma calle que nosotros. No sería nada si no hubiera otra camioneta negra idéntica más adelante, una que ha estado con nosotros desde que salimos del barrio.

Freno en un semáforo y en vez de ir al restaurante, giro en U y voy hacia atrás.

—Ey, —grita Geo en mi oído—. Ese era el restaurante.

—Cambio de planes, —le digo. Las camionetas que nos siguen hacen el mismo giro en U. Mis instintos estaban en lo correcto—. Nos siguen.

Geo aprieta mi cuerpo.

Las camionetas negras saben que se dejaron ver. Se

acercan, sin molestarse en esconder el hecho de que nos siguen. De cerca, es evidente que han sido alteradas. ¿Por qué alguien conduciría un coche blindado en las calles dormidas de Flagstaff, Arizona?

Tengo un muy mal presentimiento acerca de esto. Muy malo.

—Sostente, —le digo a Geo, aunque ya lo hace. Acelero la moto a la máxima potencia, dando un giro ilegal. Si un policía me ve y se da cuenta, será el menor de mis problemas. Un policía podría ser de ayuda. Puedo dejar a Geo con ellos y salir disparado para enfrentarme con estos tipos en mi propio territorio.

Otra camioneta aparece y se une a las dos primeras. ¿Quiénes son estos tipos? Tienen un buen financiamiento si pueden pagar tantos coches blindados.

Mientras recorro los callejones y paso por luces rojas, intentando perderlos, busco en mi cabeza quién podría estar siguiéndome. Todas las misiones que he hecho, toda la sangre que he derramado, los enemigos que he matado; no puedo pensar en alguien que fuera a seguirme así.

No importa. Todo lo que importa es sacar a Geo con vida.

—Estoy intentando perder a estos tipos, —le digo—. Sostente fuerte.

—Entendido. —Hay un pequeño gruñido en su voz. Su lobo entiende que estamos en peligro.

—Si chocamos o nos detienen, necesito que te transformes, —grito contra el viento— y que corras lo más rápido y lejos que puedas, bien hacia la naturaleza. Tu lobo sabrá qué hacer. Prométemelo, Geo.

—¿Qué hay de ti?

—Estaré bien. Ni bien pueda, pediré ayuda por radio.

Mis maniobras me llevan por la ciudad sin compañía.

Bajo la velocidad en un camino vacío y espero ver una luz. Estoy a punto de declarar que somos libres cuando aparece otra camioneta negra. Cruza el camino y se detiene sobre la línea amarilla, intenta llevarme de regreso hacia los brazos de sus amigos. Como si fuera a ser tan estúpido.

Hago que parezca que estoy por girar y en el último segundo salgo hacia el costado, acelero por el carril de emergencia. Pasamos la camioneta detenida y le arrojamos grava.

Sigo por el camino, pero no me engaño pensando que los he despistado. Tienen ojos en el cielo o algo que me rastrea. Si Geo no estuviera sosteniéndose de mí, buscaría un dron.

¿Ahora qué? No me animo a llevarlos a casa. Tendría más opciones si estuviera solo. Ciertamente sería más alocado. Cada célula de mi cuerpo está concentrada en el cuerpo más pequeño pegado a mi espalda.

Necesitamos refuerzos.

Espero hasta que estamos en un camino recto y saco el celular. Marco el botón de emergencias, el que enciende nuestro centro de comandos con un mensaje SOS. No puedo depender demasiado en mi manada. Están a miles de kilómetros en Taos.

Pero sí tengo algunos amigos en el área. Esta noche están todos reunidos en un lugar.

Julia me matará cuando se entere donde hemos estado. Pero se enterará porque habremos llegado a casa bien.

Tomo el próximo giro y me dirijo a la calle comercial abandonada donde Trey y Jared y un grupo de transformistas sedientos por luchar estarán esperando.

* * *

J*ulia*

La presión en mi pecho cede un poco cuando el chofer me deja en mi pequeña casa.

Salgo y saludo al conductor que me ayudaron a bajar mi pequeña maleta.

—Gracias, —digo y subo por la entrada.

No sé por qué sentí la necesidad de volver temprano. Cada instinto de madre que he tenido fue una alerta absoluta. Me sentí estúpida cuando reservé el vuelo de último momento desde Nueva York, y ni siquiera le envié un mensaje a Geo. Debe estar durmiendo en la casa de su amigo y no quiero preocuparlo.

Tomé un vehículo desde el aeropuerto. Mi teléfono murió cuando estaba en modo avión y en mi apuro por empacar, dejé el cargador en el hotel. Todo en mí me decía que tenía que regresar a casa.

Ahora que estoy aquí, las cosas no se sienten bien.

Las ventanas están oscuras y silenciosas, pero el reflector que usa Channing para trabajar por la noche está encendido y dirigido hacia mi coche. Partes y piezas de llaves de tubo están tiradas a su alrededor. No es usual para él dejar tiradas sus herramientas. ¿O lo es? Supongo que no lo conozco tanto.

Conecto mi teléfono. Cobra vida y me apresuro a revisar los mensajes. Me perdí varias llamadas de Channing y Geo.

Marco para devolver la llamada. Nada. Mis llamadas a ambos me llevan al buzón de voz.

Es más que medianoche. ¿Dónde pueden estar? El camión de Channing está aquí. Pero su motocicleta no está.

Lo mataré. Ni bien sepa dónde está Geo.

Me tomo un segundo para escuchar el mensaje de voz de Geo. *Olvidé mi medicina,* el código que nos enseñó

Channing para usar alrededor de humanos. La culpa me apuñala. Debería haber dejado que Geo se quede en casa con Channing.

Un ruido horrible afuera me lleva a la puerta. Buddy llega con su vieja Charger.

—Buddy, —grito—. ¿Dónde está Channing? ¿Buscó a Geo?

Él me mira sin entender.

—Acabo de regresar. No los he visto.

Un escalofrío me recorre. Ya ha pasado más de una hora desde que Geo dejó el mensaje. Deberían haber vuelto. ¿Quizás se transformaron para correr por el barrio de Justin? ¿Como un cambio de emergencia?

Me envuelvo con mis brazos mientras tiemblo. Mis instintos me están gritando. Algo anda mal.

Antes de entrar completamente en pánico, recuerdo que Geo tiene una aplicación de rastreo instalada en su celular. Puedo verlo y él puede verme a mí.

—Quédate aquí, —le ordeno a Buddy y corro adentro para golpear la pantalla de mi teléfono y encontrar el mapa con la luz parpadeante que me dice dónde está Geo. No está en la casa de su amigo Justin, ni cerca. No, parece que está a las afueras de Flagstaff, un área que no conozco mucho. No hay nada en ese lado de la ciudad más que un par de depósitos. No tengo idea de dónde está llevando Channing a mi hijo, pero puedo suponerlo.

—Lo mataré, —gruño y tomo mi teléfono. Salgo y bajo por la entrada hasta la acera, donde abro de un tirón la puerta del pasajero de Buddy. Un montón de latas de refrescos y de envoltorios se caen, y muevo el resto al piso del coche para que haya lugar donde sentarme—. Llévame ahí, —le ordeno y señalo el mapa en mi teléfono—. Ahora.

* * *

Channing

El viento golpea mi rostro mientras me inclino en una curva. Detrás de mí, Geo también se agacha. Me ha estado vibrando el celular sin parar dentro del bolsillo. Ni bien puedo, lo saco y lo sostengo cerca de mi boca.

—Un poco ocupado, —grito.

—Parece que estás yendo al club transitorio. —La voz de Lance está relajada. Ha estado manejando los comandos cada vez más desde que embarazó a su pareja. Puedo imaginarlo allí ahora, con el pequeño bulto que es su hija, caminando cuando está molesta. Esta vez, la idea no me ocasiona desesperación. Lance hizo que una familia funcionara para él. Quizás hay esperanza para mí.

Es extraño que esté pensando en ese tipo de cosas en medio de una persecución a toda velocidad, pero mi mente hace eso a veces.

—Sí, visitaré a Jared y Trey. Pero tengo compañía. —Las tres camionetas que me siguen están allí todavía. Son más lentas que yo, pero parecen saber adónde terminará mi moto antes que yo.

—10/4. Deke está en camino, pero a seis horas. He alertado a Jared y Trey que vendrás rápido con invitados no deseados. Te están esperando.

—Bien. Estos malditos necesitan un comité de bienvenida.

—¿Cuántos?

—Tres en cajas. Quizá más. —Están por todas partes. Una cuarta camioneta sale de un camino lateral para unirse a las otras y me alejo con un montón de maldiciones—. Cuenta cuatro.

—Tú puedes. Llega al club de pelea. Estoy monitoreando tu posición.

Guardo mi teléfono sin colgar. Acelero todo lo que puedo, corriendo para pasarlos. He sido cuidadoso por Geo y por el miedo de quedarme sin combustible, pero ya no.

—Ya casi estamos allí, —le digo a Geo—. Lo has hecho genial.

Él me abraza más fuerte. El chico me agarra como si fuera de vida o muerte. Si fuera humano, tendría moretones en las costillas.

—¿Quiénes son estos tipos?

—Quisiera saberlo. —Pronto no importará. Una vez que lleve a Geo a un lugar seguro, mi plan es borrar a estos tipos de la faz de la tierra. Intentaron joderme y eso afectó a mi familia.

Casi llegamos a la calle comercial donde Jared tendrá el club de pelea cuando de repente un rugido desgarra el aire.

Una decena de Harleys se unieron a la persecución.

Me arriesgo a mirar atrás. La Harley principal tiene un rostro familiar. *Hannibal.*

Entonces definitivamente no son amigos. Ahora este desastre tiene más sentido. Hannibal me está buscando. Lo que no sé es de dónde sacó la financiación para un ejército de camionetas y motocicletas. ¿Tal vez tiene alguien rico que lo apoya?

Pensaré en eso más tarde. Las camionetas no pueden seguir con mi patrón errático, pero Hannibal sí. Acelero más de lo que querría. Con Geo en la moto, estoy siendo imprudente.

No puedo dejar que Hannibal y los cerdos de sus amigos se me adelanten. Se detendrán para cortarme el paso y el juego habrá terminado. No puedo pelear con todos.

Pero mis amigos en el club de pelea sí.

Paso entre depósitos y me dirijo hacia mi destino final. La moto de Hannibal destroza el aire detrás de mí.

Como Lance me dijo que Jared y Trey prepararían un comité de bienvenida, veo una trampa adelante. La luna brilla sobre el cable estirado sobre el camino. Las sombras oscurecen la mayor para de la trampa y la rampa que alguien colocó al lado para mí.

—Sostente, —le grito a Geo.

El pobre chico necesitará terapia después de esto.

Hannibal está tan cerca que puedo oler su colonia a clavo de olor. Me apresuro hacia el cable, giro a último momento. Tocamos la rampa y volamos.

Pasamos por encima del cable. Adelante nuestro hay un camino largo y oscuro lleno de depósitos y el del club de pelea está del otro lado, más cerca del bosque. Hay incendios cerca de la línea de árboles. Parece que Trey y Jared prepararon una fiesta de bienvenida con fuegos artificiales y todo.

Sólo tengo que llegar allá. Mi moto baja, primero la rueda, gracias al Destino, y salgo rápido, la risa sorprendida de Geo hace eco en mis oídos.

Quizás esté bien. Quizás sea el héroe y todos estén orgullosos. Julia me perdonará y podremos ser una familia. Lance y Deke hicieron que la pareja funcione. ¿Qué tan difícil puede ser?

Detrás, el alambre de púas hizo lo suyo para detener a la caballería. Pero no los detendrá a todos. Esos coches blindados pasan por encima.

Una moto me busca por izquierda y por derecha. Parece que un par de Harleys pasaron por el cable. Se nos acercan hasta que varias formas oscuras salen de las sombras, riéndose. Los hombres-hiena mueven tuberías de plomo y las chocan contra los pechos de los motociclistas. Las Harleys caen y puedo acelerar con libertad hasta el estacionamiento, pasando entre fogones.

Me detengo frente al depósito cuando Trey y Jared salen. Están descalzos y sin camisa. Listos para transformarse.

—Eso fue asombroso, —alienta Geo cuando cae hacia el pavimento.

—¿Estás bien? —Pregunto, la adrenalina todavía corre por mis oídos.

Él levanta el pulgar. El chico estará bien.

—El alambre de púas fue un buen detalle, —digo—. ¿Cómo supieron que habría motos?

—Tenemos ojos en el aire, —Jared señala el cielo—. Vieron a las motos que te perseguían y nos lo contaron a tiempo. Los chitas pusieron el cable con sólo segundos de sobra.

—¿A quién nos trajiste, hermano? —Pregunta Trey.

—Una docena de cerdos con transformistas de algún tipo. No lo sé. —Hablo rápido. A la distancia, un hombre-hiena grita—. Su líder, Hannibal, tiene un tema conmigo. Me desafió en el último club de pelea. No sé cuál es su animal. Además, hay cuatro o más camionetas blindadas de algún tipo. Se aceleran motores, fuera de vista.

—Entendido. —Trey le asiente a Jared, quien se aleja y le señala a un grupo de hombres-chita que se queden en el extremo del estacionamiento—. Gracias por el resumen. Pero me refería al chico.

—Ah, ¿él? —Pongo una mano sobre el hombro de Geo—. Este es mi sobrino, Geo.

Un hombre-hiena sale corriendo de la oscuridad.

—Están viniendo.

Los hombres-chita aceleran las motos y salen hacia la

batalla. Todavía no hay señales de Hannibal. Apuesto a que el maldito sobrevivió al cable.

—El tipo grande, Hannibal, —les digo a Trey y a Jared, quien ha regresado—. Es mío.

Asienten.

—Nos encargaremos del resto. Tenemos refuerzos.

Más sombras salen del costado del depósito hacia la luz. Dos hombres grandes y tres más chicos los siguen. Transformistas, todos ellos. Están aquí para el club de pelea.

—Estamos listos, —dice el tipo grande. Creo que lo reconozco. Miro bien su rostro con cicatrices y trato de recordar su nombre.

Sí reconozco al transformista parado a su lado. Caleb, tocando su barba, tiene una expresión pensativa en su rostro.

—Ah, ey, amigo. —Me acerco a darle la mano—. ¿Te unirás a la fiesta?

—Vine aquí a pelear. Así que eso haré. Como Trey y Jared, está descalzo.

—¿Ya conociste a Grizz?

Me trago mi *maldita sea*. Caleb y Grizz son leyendas. El único más famoso es Nash. Si los transformistas tuvieran figuras de acción, los tres serían para la colección.

—¿Pensé que te habías retirado? —Le digo a Grizz. Es un bastardo grande y que luce malo con un rostro arruinado. No sé con quién carajos peleó para terminar con esas cicatrices y no quiero saberlo.

Él se encoje de hombros.

Se escuchan aullidos, mezclados con el *rat tat tat* de una ametralladora. Los hombres-chita encontraron al enemigo. Qué bueno que estemos en el medio de la nada o tendríamos policías y bomberos en la escena.

—Chicos. —Trey me codea—. Estamos por tener compañía.

—Claro. Geo. —Toco su hombro con más fuerza—, habrá una gran pelea pronto. Seremos un fuerte. Pero tú tienes que estar fuera de vista.

Sus ojos son enormes y brillan como un transformista.

—Quiero ayudar.

—Lo sé. Necesito que te mantengas con vida y a salvo, así puedes proteger a tu mamá si algo me sucede. ¿Aceptas tu misión?

Él asiente, tan serio que puedo ver un destello de cómo se verá de adulto. Como mi hermano.

—¿Y qué harás tú?

—Pelearé.

Normalmente sonreiría y diría algo como «me divertiré», pero con Geo aquí, el peligro se siente real. Tengo que ser serio. Más como un alfa. Encargarme del cachorro bajo mi cuidado.

—Vamos, —dice uno de los transformistas más pequeños. Un irlandés de cabello oscuro, uno de los corredores de apuestas—. Por aquí. —Sus otros dos amigos corredores, uno de cabello canoso y otro que estornuda plumas, ya están en la línea de árboles.

—Ve con ellos. —Le doy un empujoncito a Geo—. Tienes que mantenerte escondido y listo para transformarte y correr en caso de que cambie la corriente de la pelea. No lo hará, pero es útil tener un plan por si acaso. Escucha a estos tipos, —les asiento a los tres corredores— y haz lo que digan.

Espero hasta que Geo ya está casi en el bosque antes de unirme a mis amigos.

—Mi prioridad es la seguridad de Geo, —les digo.

—Entendido, —dice Jared—. Si algo sucede, Laurie hará que lo sacará por aire.

Supongo que Laurie es el de las plumas.

—Nada lo tocará, —gruñe Grizz. No lo reconozco de otros transformistas, pero le creo. Pelearía y daría la vida por mi sobrino. En este momento, somos una manada.

Como uno, Grizz, Caleb y yo nos quitamos las chaquetas de cuero y las arrojamos contra el depósito. Siguen las camisas y zapatos. Nuestros pies descalzos pisan vidrio roto mientras nos volvemos a unir con Jared y Trey y caminamos hacia el estacionamiento. Pasamos un fogón pequeños y Jared se asoma a prender un fósforo largo. Lo lleva a unos metros de distancia y toca el suelo donde huele a que alguien derramó una línea de gasolina. Las llamas se encienden y corren para iluminar nuestro camino.

Trey festeja.

—¡Que empiece la fiesta!

Caleb y Grizz están callados, concentrados. Tomo mi lugar junto a ellos. Normalmente estaría gritando como en la guerra con Trey, pero esta noche las apuestas son más altas que nunca.

Un chita viene volando desde el camino, en su moto, perseguido por tres Harleys. Él los lleva por una ruta serpenteante alrededor de los fogones, pero vienen directo hacia nosotros. El comité de bienvenida.

Las Harleys ya casi nos alcanzan.

—Izquierda, —dice Caleb.

—Tomaré la derecha, —ofrece Trey. Él y Jared se hacen a un lado.

—Voy al centro. —Grizz se suena los nudillos y parecen disparos.

El hombre-chita pasa rápido a nuestro lado. Las Harleys están tan cerca que podemos ver el blanco de los ojos del conductor. Sus ojos brillan, como transformistas, los de todos y cada uno.

En el último momento, Trey y Jared avanzan. Trey salta y patea al conductor hacia Jared, sacándolo de la bici, y él lo termina.

Caleb se abalanza al costado y toma a su oponente, lo arranca de la Harley y lo tira al suelo. Hay un crujido y volteo antes de ver el destino del conductor enemigo.

Grizz no se mueve. Espera a que la Harley esté encima de él, luego toma el manubrio y ruge. En una muestra increíble de fuerza, levanta toda la motocicleta pesada por encima de su cabeza y golpea al cerdo contra el suelo.

El conductor rebota en el pavimento y viene a descansar cerca de mí. Levanto un pie y pateo al conductor caído en la cabeza, lo suficientemente fuerte como para quebrarle el cuello.

Tres segundos y terminó. Nos encargamos de la primera línea sin la molestia de transformarnos. El mejor insulto.

Trey se levanta del cuerpo que revisa y sostiene un arma, un gran revolver.

—Tienen balas de plata. —Sus ojos brillan del color del mercurio líquido.

—Son transformistas. —Jared huele y siente a pleno la colonia de clavo de olor y tose—. No sé de qué tipo.

—Están aquí para matar a alguien. —Caleb observa el arma que le sacó a su oponente caído—. La única razón por la que llevarían una bala de plata es para dispararle a un transformista a matar.

Todos me miran.

—Perdón, chicos. No sé qué hice para enojarlos.

—No importa cómo empezó, —la voz normalmente gruñona de Grizz queda ahogada con el retumbe de su oso —. Lo terminaremos. Esta noche.

Tomo una nota mental de nunca estar del lado contrario a Grizz. Sólo el sonido del rugido del oso es suficiente para darle un infarto a otro hombre más débil.

Hay una explosión. Viene de un lugar que no vemos, pero fue lo suficientemente grande como para hacer temblar el suelo. Hay una risa tenebrosa que hace eco en todas partes.

—¿Las hienas trajeron armas? —Le pregunto a Trey.

—No, —responde, más serio que nunca—. Creo que fueron tus amigos.

—No son mis amigos, —digo—. Después de esta noche, los sacaré de mi lista de cartas de navidad.

Eso consigue una risa.

Una todoterreno sale disparada del camino, perseguida por motos de chitas. Uno de los chitas pasa frente a ella y se destruye, sacrifica su moto para detener la camioneta. El chita rueda hacia la seguridad, pero el vehículo blindado pasa por encima de la moto y continúa avanzando.

El silbido familiar de un cohete lanzado hace que se me paren los pelos de la nuca.

—Llega, —grita Caleb, y nos esparcimos. El cohete chilla y pasa a nuestro lado para golpear contra el depósito. *¡Pum!*

—Aléjense, —grito mientras caen escombros. El frente del depósito colapsa, se rompe su marco de acero.

El grito sorprendido de Geo alcanza mis oídos.

—Quédense atrás, —grito y muevo una mano. Está en la línea del bosque, congelado en su lugar—. Sáquenlo de aquí. —Señalo a los corredores de apuestas que intentan llevarse a Geo.

—Por aire, —grita el irlandés.

El transformista canoso pone un dedo sobre sus labios y lanza un grito desgarrador.

Un búho gigante baja de entre los árboles y toma los brazos de Geo para levantarlo en el aire. Sus alas gigantes se mueven mientras se lleva a Geo. Estará a salvo, metido en el bosque.

El metal cruje. Un oso gigante atacó la camioneta blindada y dejó grandes marcas a los costados.

Trey y Jared arrancan puertas y se llevan al conductor y a los pasajeros. Las balas suenan y los cuerpos se amontonan en el suelo. Ya que el enemigo trajo balas de plata, sería una pena desperdiciarlas.

Más formas oscuras salen del camino a pie. No hay señales de Hannibal en el aire ahumado.

Grizz sigue en forma humana, se acerca a la batalla. Me le uno y ambos comenzamos a correr.

Hay un tambor en mi cabeza, un sonido de guerra. Los chitas entran y salen, sus motos zumban como avispas furiosas. Dos todoterrenos más pasan entre el humo y embisten la línea de motos de chitas.

Grizz y yo nos separamos. Comienzo a correr y salto sobre una de las todoterreno, marco el techo con mis garras. El metal chilla y se abre por arriba como una lata de metal para arrancar al enemigo de adentro.

Las balas van contra mi rostro. Una de ellas me corta y la plata quema. Me relajo y dejo que venga mi lobo.

El pasajero se levanta, apunta con un arma y obtiene un rostro lleno de garras. Me abalanzo como lobo y cierro la mandíbula sobre su cabeza. *Crunch.*

El conductor se para en su asiento y me apunta. Miro hacia abajo al barril y veo mi muerte.

Un destello blanco desciende. El búho gigante toma con sus garras los hombros del conductor y lo levanta. El búho mueve las alas, gana altura con el enemigo que lucha en sus garras. El conductor grita y dispara todo lo que puede. Antes de poder apuntar, el búho grita y lo deja ir.

El enemigo choca con el suelo, donde una pasada de la garra de oso de Caleb le pone fin.

Suelto a mi muerto y bajo por el parabrisas, vuelvo a la pelea.

La camioneta de la que se ocupó Grizz está dada vuelta, las ruedas giran en el aire. Un oso gigante se aleja, su pelaje está manchado de gasolina y sangre. Su tamaño me quita el aliento. La leyenda dice que el oso de Grizz tiene pelaje grueso y marrón como un oso Kodiak con esteroides. Uno que puede levantar un camión Mac. Se levanta sobre sus patas traseras y ruge. Todo a mi alrededor, los chitas festejan y las hienas ríen.

El humo me hace arder mis ojos de lobo.

Una forma aparece en el humo gris. Un gigante con chaqueta de cuero. Hannibal, con su rostro contorsionado. Su ropa está empezando a romperse mientras su animal lucha por salir a la superficie. Me ve y ruge.

—¡Revancha! —Gruño y corro hacia él.

Él saca un arma y dispara. La esquivo y sigo corriendo. Las balas rozan mi pelaje. Acelero todo lo que puedo y salto, mis colmillos van hacia su garganta.

Él explota entre su ropa, su forma se vuelve un monstruo enorme. Es gigante y musculoso, con dos cuernos enormes. Le pego en el pecho y lo hago retroceder un paso. Mis colmillos le dan en el hombro, pero su piel es gruesa y no puedo lastimarlo. Giro y me alejo.

Hacerlo transformarse tiene sus beneficios. Dejó caer el arma y que se fuera a un costado. Sin la amenaza de las balas de plata, tengo la libertad de destrozarlo.

Es realmente fuerte y rápido, pero no tanto como yo. Me acerco y me alejo, le muerdo las extremidades. Él grita e intenta pisar a mi lobo, pero paso entre sus piernas y le corto los costados de las rodillas. Primera sangre.

Tardo mucho en alejarme y sus brazos me toman. Me giro, mis colmillos buscan su garganta. Me aprieta con los brazos. Mis huesos suenan mientras presiona.

Vuelvo a transformarme en humano. De pronto soy mucho más pequeño que el animal que sostenía y pierde el equilibrio. Caigo boca arriba, lo arrastro conmigo y pateo con las piernas, lo lanzo sobre mi cabeza. Él choca contra el pavimento cinco metros detrás de mí.

Tres transformistas chita saltan sobre él. Un segundo más tarde, están volando por los aires.

Mierda, ¿cómo acabaré con este tipo?

Un cohete pasa silbando y explota una todoterreno. Pedazos en llamas de metal retorcido caen como lluvia.

Pierdo a Hannibal de vista en el humo denso. Me suenan los oídos. Apenas puedo escuchar el sonido de los disparos, seguido por un grito dolorido.

A mi izquierda, el enemigo está dando una última batalla. El oso gigante de Grizz se acerca a él. Sus garras son tan grandes, una pasada hace que vuelen cabezas. Sus cuerpos caen. Cortarle la cabeza es la forma más sencilla de acabar con un transformista. Grizz eleva la tarea sombría a una forma artística.

Le doy un pulgar en alto y él muestra dientes del tamaño de mi antebrazo y suelta un rugido que estoy bastante seguro de que significa,

—¡Gran trabajo, amigo!

El arma de Hannibal yace en el pavimento. La levanto y voy a cazar. Sigo el rastro de los cuerpos de los hombreschita hasta encontrarlo. Sus cuernos lo delatan y emergen entre el humo.

—Hannibal, —grito. Estoy cojeando, debo haber sido baleado. La herida quema como la plata.

Disparo el arma, pero no tiene balas. La arrojo entre nosotros. Listo. Ahora nos enfrentamos entre nosotros, animal con animal.

Pisotea el pavimento como un toro. Mi lobo está listo para tomar el control cuando se oye un sonido de viento detrás de mí.

Un grupo de hombres-hiena se han apoderado de la última camioneta. Se acercaron y nos apuntan con un misil a Hannibal... y a mí.

—¡No, esperen! —Grito. Demasiado tarde. Una de las hienas grita y lanza el arma.

Me arrojo al suelo y como grava. El cohete silba por encima, y el sonido se mezcla con el rugido de Hannibal.

La explosión me deja sordo. Salto para ponerme de pie ni bien puedo, pero no hay señales de Hannibal. Sólo un hoyo y un círculo de cenizas donde estaba parado.

Maldigo.

A excepción de los fogones crujientes y del grito distante de una hiena, el estacionamiento está muy silencioso. La pelea ha terminado.

Trey y Jared se volvieron a transformar a su forma humana. Sus cuerpos están manchados de rojo. No están cojeando, así que asumo que la sangre no es suya.

—¿Hannibal? —Pregunto. —¿El tipo grande con cuernos?

—Trey niega con la cabeza—. Se fue.

—Qué carajos es, —murmura Jared—. ¿Un maldito minotauro?

—No lo sé. Pero esto no terminó.

Un grito me hace girar. Geo llega corriendo.

—Eso fue tan genial. Cuando te convertiste en lobo y saltaste sobre ese coche...

—¿Te gustó eso? —Tengo en la punta de la lengua decirle *espera a que me veas pelear con otro lobo*, pero un sonido al otro lado hace que se me pongan los pelos de punta.

Una Charger vieja aparece entre pilas humeantes de escombros. La cabeza de Jared voltea rápidamente.

—Son amigables, —grito para evitar cualquier violencia defensiva.

¿Por qué está Buddy aquí?

Alguien grita y se abre la puerta del pasajero. Julia sale corriendo, su rostro está pálido.

Aww, mierda.

—Geoffrey, —grita. Las lágrimas hacen que se le quiebre la voz.

—¡Mamá! —Geo suena como si hubiera disfrutado un día subido a montañas rusas en un parque de diversiones. Julia contiene el llanto y pone sus brazos a su alrededor—. Está bien, mamá. Estoy bien.

Buddy sale del lado del conductor y se acerca a mí arrastrando los pies.

—Perdón. Tiene un localizador en el teléfono de Geo. No pude detenerla, así que pensé que sería mejor venir con ella.

Desestimo la disculpa. No iba a ocultarle la verdad a Julia. Pero tener que verla después de arriesgar mi vida de forma peligrosa no es lo mejor.

—Estoy bien, —sigue diciéndole Geo—. Estamos bien.

Pero veo el estacionamiento a través de los ojos de Julia. Fogones quemándose con el fondo de un depósito colapsado. Cuerpos de transformistas, amigos y enemigos por igual, sobre el pavimento quemado. Una manada de hombres-hiena disfrutando un paseo en una camioneta robada, moviendo armas y gritando. Su preciado hijo en medio del caos. Hice todo esto para mantenerlo a salvo, pero luce mal.

Es hora de enfrentarse a eso.

Geo ha tenido suficiente de la preocupación de Julia. Se aleja y me grita.

—Ey, tío Channing, ¿te dispararon?

—¿Dispararon? —Dice Julia sin aliento.

—Sí, mamá, tenían balas de plata. Buscaban al tío Channing.

Ella me mira, pero no a los ojos. Su rostro es una máscara de miedo y furia.

—¿Qué sucedió?

—Estos coches empezaron a seguirnos. —Geo señala las camionetas bombardeadas y a Julia se le salen los ojos—. Muchas de ellas. El tío Channing me tenía en su motocicleta y comenzó a hacer maniobras evasivas.

—Yo tenía el camión, —ofrece Buddy—. Por eso Channing se llevó la moto. Es lindo que quiera defenderme, pero no será lo suficiente como para convencer a Julia de que no soy totalmente irresponsable.

—¡Y luego vinimos aquí y *pum*! Volaron el depósito... —Geo continúa con su relato gráfico de la batalla, completo con efectos de sonido. Cava aún más y más profundo mi tumba.

No es que no lo merezca.

La mirada de Julia viaja del edificio colapsado al rostro de su hijo a las marcas quemadas en el pavimento. Geo se queda sin energía y mira en mi dirección.

—¿Es verdad? —me pregunta ella.

—Sí, —digo—. Es un buen resumen.

No tiene sentido defenderme. De alguna manera es un alivio dejar que culpe todo en mí.

—Sube al coche, —le dice a Geo, le tiembla la voz.

—Pero... —protesta Geo.

Dos hombres chita pasan corriendo y llevan un balde de gasolina. Lo arrojan en el fogón más cercano y gritan cuando las llamas llegan al cielo.

—Escucha a tu madre, —le ordeno y Geo arrastra los pies, pero desaparece en el asiento trasero de la Charger.

Espero a que Julia se acomode junto a él antes de acercarme.

—Julia.

—No, —ella levanta una mano para frenar mi explicación. No me mira a los ojos.

—Geo está bien. Nunca dejaría que nada le suceda.

—Nos estaban siguiendo, mamá, —acota Geo desde el otro lado del coche—. ¡Teníamos que escaparnos!

—Nos siguieron desde la casa de Justin. No sé cómo. Me comuniqué por radio para pedir ayuda, pero sólo pude traerlo aquí. Al menos aquí tenía refuerzos. —Asiento en dirección a Trey y Jared, quienes están parados charlando con Grizz y Caleb, los cuatro completamente desnudos.

Ella mira para otro lado.

—¿Este fuiste tú? —Pregunta en voz baja—. ¿Este es tu... —mueve una mano en el aire— negocio?

Sé a lo que se refiere. Mantuve con vida a Geo, pero la razón por la que estuvo en peligro fui yo.

Es mi culpa. Me haré cargo.

—Sí.

Ella asiente, sigue sin mirarme.

—Llévalos a casa, —le digo a Buddy—. Te seguiré.

Por la cara que hace Julia, ya no soy bienvenido allí.

Pero haré guardia desde el porche esta noche. Mi lobo no permitiría menos.

Pero al llegar la mañana, me iré. Dejaré a Buddy y a las cámaras cuidando a Geo y a Julia. Será mejor para ellos que me vaya, muy lejos. Traje peligro a su puerta, y nunca me perdonaré eso.

—¿Por qué estás tan serio? —Una de las hienas se ríe en mi cara—. ¡Ganamos! —Festejan sus amigos.

Un quejido de lobo se atora en mi garganta mientras veo alejarse a la Charger.

Ganamos la batalla y perdí la guerra.

* * *

Julia

Tiemblo y transpiro todo el camino hasta casa. Esto es demasiado. No puedo soportarlo. Conducir hasta esa escena constata el hecho de que Channing no pertenece aquí con nosotros.

Tiene un trabajo de alto riesgo.

Le gusta el peligro. Siempre ha sido así. También a sus amigos.

Y me importa demasiado como para poder soportar su profesión. No sólo eso, sino que no hay ninguna forma posible de que vaya a dejar que infecte a Geo con su estilo de vida alocado e irresponsable.

De ninguna forma.

Ese chico es todo lo que tengo. Es mi mundo entero. Y pensar que Channing lo arrastró a lo fuera que fuese ese infierno me rompe el corazón.

Me mata que no supiera no hacerlo.

Que no tuviera más consideración. Que no se detuviera

a pensar si llevar a *un chico de trece años* a ese tipo de descontrol sería una buena idea.

O sea, entiendo que lo atraparon cuando Geo estaba con él.

Pero eso significa que los problemas lo persiguen.

Y no puedo dejar que nos sigan a nosotros.

Simplemente no puedo.

Sin importar lo mucho que ame al tipo.

Sin importar lo mucho que quiera que se quede.

Es hora de que Channing se vaya.

No me quedaré en casa mientras mi compañero está en misiones, conteniendo la respiración y temiendo el golpe a la puerta de alguien que me dirá que no lo logró.

Ya hice eso una vez.

No puedo volver a hacerlo.

* * *

hanning
Cuando llego a la casa, Julia me espera en el porche. Tiene una bata de baño sobre su ropa normal. Su cabello tiene un leve dejo a humo.

Nunca me perdonaré a mí mismo por lo de esta noche.

Puse un pie con botas en la escalera, pero no me acerco más. Su expresión es tan perdida y cansada, quiero sostenerla. Pero eso no es lo que ella quiere ahora.

—No sé cómo estar contigo, —dice—. Cuando Geoffrey tenía una misión, pensaba que era transformista, que sería inalcanzable al peligro. Cuando vinieron a notificarme, pensé que se equivocaban. Que Geoffrey era invencible. Que no podía estar muerto. —Se le corta la voz. Con pies descalzos y su maquillaje corrido, ella luce joven y vulnerable. Tan frágil como el día del funeral—. Enterramos un ataúd vacío. Seguía pensando que estaba vivo. —Ella se frota los ojos, pero están secos. Como si se le hubieran terminado las lágrimas.

Me siento en el escalón, mantengo un pie de distancia entre nosotros.

—No puedo volver a hacer esto, —susurra Julia. Sé a lo que se refiere. *No puedo estar contigo.*

—Lo sé. —Me quedo mirando fijo a la noche, mi lobo aúlla por dentro. Como si estuviera atrapado en una jaula que hice yo mismo. No dejo que eso quiebre mi fachada.

Tengo que ser fuerte, por ella.

—Julia... Lo siento.

—Gracias por ayudar a Geo. Nunca olvidaré todo lo que has hecho. —Ella se levanta y sale, cierra la puerta.

Y simplemente así, se terminó.

Me siento en el escalón, helado. Me quedo así hasta que pasa la noche y la primera luz del día ilumina el cielo. Buddy se despierta en su Charger. Arrojo las llaves al asiento delantero de la camioneta. La puse a nombre de Julia. Se la puede dar a Geo en su cumpleaños. O no.

Ya me habré ido. Debo hacerlo.

Julia tiene razón. Hannibal vino por mí. Geo estuvo en peligro por mi culpa. No podría soportar que el peligro de mi trabajo se extendiera y los destruyera a él y a Julia.

Es mejor que me mantenga alejado.

* * *

Julia

Me acuesto en la cama, la almohada llena de lágrimas, me pregunto si he hecho lo correcto. Channing sigue aquí, sentado en el porche, vigilando. Puedo sentir su presencia.

Sería tan sencillo llamarlo para que entre y perderme en su aroma, en sus caricias.

Pero cuando cierro los ojos, veo el campo de batalla del estacionamiento del depósito, lleno de cuerpos, y mi hijo de trece años parado en el medio.

¿Cómo puede Channing mantenernos a salvo si toda su vida es peligrosa? Si esta noche fue una señal, sus misiones son mil veces más peligrosas que las de Geoffrey.

No puedo volver a amar a alguien así otra vez. Alguien a quien podría perder. Y no puedo poner en riesgo a mi hijo. Si eso me hace una cobarde, que así sea. Es mejor estar sola que sufrir una pérdida así otra vez.

El reloj junto a mi cama dice que son las tres de la mañana. Volteo y me enredo con algo suave. Es la camisa de Channing. Huele a Channing, fresco y a bosque. La presiono sobre mi pecho y dejo que su aroma me calma, y finalmente me duermo.

Por la mañana, Channing se ha ido. Le digo a Geo que tiene una misión y estará ocupado. Geo asiente y lo acepta.

Estoy distraída en el trabajo, tanto que el Sr. van den Berg lo menciona después de una reunión.

—Disculpe, señor. Tuvimos... unos problemas en casa.

—¿Con tu cuñado?

—En parte, —admito—. Se ha ido. Se fue. Para siempre. Mi jefe me observa.

—¿Está todo bien?

—Ah, sí. Estamos bien. —Si lo digo con suficiente firmeza, quizás sea verdad.

—¿Y todo está listo para que Geo vaya a Woodman? —pregunta.

—Sí, gracias.

Geo ha estado triste últimamente. Lo alenté a ir a correr, pero dice que su lobo no tiene ganas. Un nuevo comienzo será lo que necesita. Puedo hacer que funcione, fingir que todo está bien, por Geo. Puedo guiarnos en nuestra rutina del día a día, fingir que no hay un agujero gigante en mi corazón.

* * *

C*hanning*

—Lo que no entiendo es por qué te seguían a ti, —se pregunta Rafe, mi alfa. Estoy hablando por teléfono y contándoles a él y a su hermano, Lance, lo que sucedió.

—No lo sé. —Me froto el rostro. Pasaron treinta y seis horas desde la gran pelea, pero mi lobo apenas me ha dejado dormir. Tengo a Buddy vigilando la casa de Julia, pero me mantengo alejado y reviso el sistema de seguridad a cada hora—. Tenían balas de plata, así que sabían que buscaban transformistas.

—Querían matarte, —piensa Rafe.

—¿Entonces por qué no me dispararan cuando estaba en la motocicleta? —Me he hecho esta pregunta muchas veces hasta sentirme loco.

—Tienes suerte de que no lo hicieran. Estarías muerto. Su duda te permitió recuperarte, —dice Rafe.

Pero no siento afortunado. Me siento muerto. Aunque no lo digo.

—La ronda fue a tu favor, —dice Lance—. Pero esto no terminó.

—Estoy de acuerdo. —Apuesto a que Hannibal sigue allí afuera, lamiéndose las heridas, esperando.

—Tengo información de Jared y Trey, quienes limpiaron el campo de batalla. Quien sea que haya financiado esa pelea tiene mucho efectivo, —dice Rafe.

—Sí, Channing, ¿por qué tenías que hacer enojar a un billonario? —Bromea Lance.

Mi silencio le dice que no estoy de humor para bromas. Hay una pausa incómoda.

—Espera, Deke está intentando unirse, —dice Lance. El sonido del teclado se escucha en el teléfono.

—Tengo noticias, —dice Deke. No suena contento.

—¿Es sobre la aplicación? —Pregunta Rafe—. ¿Kylie la hackeó?

—Aún no. Pero hice algunas búsquedas generales, pregunté por ahí. Parece que han desaparecido algunos niños transformistas.

—¿Que se escaparon de sus casas? —Pregunta Lance.

—Algunos de ellos. Pero hay informes de un volumen más grande que el normal de desapariciones de adolescentes transformistas.

Las imágenes aparecen en mi cabeza, muy horribles para pensar en ellas. Adolescentes como los trillizos transformistas oso, atraídos desde sus hogares y atrapados. Algunos podrían ser cazados y asesinados.

—¿Estos niños estaban en la aplicación? —Pregunta Rafe.

—No puedo confirmarlo. Todavía no puedo unir ambos, pero mi instinto dice que sí. —La voz de Deke está tensa—. Supongo que Hannibal está metido en esto.

Alguien creó esta aplicación y raros como Hannibal se infiltraron para buscar adolescentes transformistas.

—No tenemos pruebas, —dice Lance.

—No necesitamos pruebas, —sostiene Rafe—. Encontremos a Hannibal. Él tiene las respuestas.

—Estoy en eso, —dice Deke—. Kylie puede hackear cualquier sistema de seguridad con las coordinadas de Flagstaff.

—Comunicaré esto, —Lance escribe furiosamente—. Alertaré a todas las manadas y familias de transformistas que podamos. Y una búsqueda por Hannibal.

—Buscaré en el área donde lo vieron por última vez, —digo. Sigo en Flagstaff. No puedo lograr irme.

Parte de mí quiere conducir a la casa de Julia ahora mismo, ponerla a ella y a Geo bajo arresto domiciliario. Porque eso la hará perdonarme.

Le envío un mensaje a Buddy pidiéndole que mantenga la casa vigilada. Él me responde con una foto del frente de la casa de Julia. Con nuevas puertas y ventanas, luce nueva.

Verla me provoca dolor.

Niego con la cabeza y me obligo a concentrarme en las órdenes finales de Rafe.

—Cuida tu seis, —dice—. Si ves algo, pide refuerzos por radio.

Cuelgo. Mi lobo está perturbado. Sabía que Hannibal significaba problemas, pero esto es nuclear. ¿Un transformista como él, cazando niños? Buscaré a ese hijo de perra y lo enterraré. Es el propósito de mi vida.

Después de eso, le pediré a Rafe que me dé una misión al otro lado del mundo. Algo peligroso y lucrativo que requiera toda mi concentración. Quizás si derramo suficiente sangre, me quitaré el aroma a lilas y lavanda de la cabeza.

Capítulo Doce

ulia

Llega el viernes y mis ojos están nublados de mirar fijo la computadora. Me alejo del escritorio, desesperada por un descanso y me hace ruido el estómago. El reloj de la computadora dice cuatro cuarenta y nueve de la noche. Trabajé todo el día sin almorzar. Apenas he comido desde que se fue Channing. El dolor ha transformado a mi estómago en una bola de nervios.

Desde que se fue Channing, he seguido actuando como si nada. Mantuve la cabeza baja, trabajé duro. Intenté olvidar lo bien que se sentía tenerlo en la casa.

En mi cama.

En mi corazón.

Lo asombroso que se sentía que me cuidaran. Amaran. Protegieran.

Pero lo eché, ¿verdad? El placer de tenerlo no era mayor que mi miedo a perderlo.

No estoy segura de eso tenga sentido en un nivel lógico, pero lo tenía en mi corazón en el momento.

Ahora no estoy tan segura. El miedo me ganó. No es el mejor sitio desde donde escoger.

Bajo a la cocina y tomo algo de apio que se está pudriendo. Como eso mientras busco en el refrigerador qué hacer para cenar. Olvidé hacer las compras, así que será pizza congelada. Geo estará feliz.

No ha estado de buen humor estos días. No lo admitirá, pero sé que extraña a su tío. Mi excusa de que Channing está en una misión se está viniendo abajo. En algún momento tendré que sentarlo y explicarle que Channing se ha ido, esta vez para siempre.

He evitado la conversación porque parte de mí no quiere que sea verdad.

De camino de vuelta a mi oficina, paso por la puerta de la habitación de Geo y se abre. Qué extraño. Es tarde. Ya debería estar en casa, metido en su habitación, haciendo tarea.

¿Arregló para juntarse con Justin y no me dijo? Llamo a Geo, pero la llamada va directo al buzón de voz.

Marco el número de la mamá de Justin.

Diez minutos después, estoy en pánico. Geo no está en la casa de Justin. Tampoco está en la escuela. De hecho, Justin recuerda que Geo se subió al autobús. Llamé también a la escuela, pero el autobús no se retrasó.

He llamado a Geo varias veces y le envíe una tormenta de mensajes. Nada.

Voy a la aplicación que tengo en su teléfono, la que usé para rastrearlo, pero hace círculos en Flagstaff y no arroja ninguna dirección, como si tuviera problemas encontrando señal. Puede que sea un problema de la aplicación, pero tengo un mal presentimiento.

Geo no está en casa y por lo que sé, no está con sus amigos. Tiene el teléfono apagado y el rastreador no funciona. Podría haber vuelto a casa he ido a correr o hacer algo sin decirme.

¿Haría eso?

Salgo por la parte de atrás y grito su nombre hasta que mi voz hace eco en una colina.

—¿Julia? —Buddy sale de atrás de un pino. No puedo ver todo su cuerpo, está tapado por un arbusto, pero veo que no lleva camisa. ¿Estaba en forma de animal?

Si le parece extraño conversar conmigo desnudo, no lo muestra. Ciertamente no le importa.

—¿Has visto a Geo?

Él niega con la cabeza. Estos últimos días, le ha crecido la barba y es negra con una raya blanca justo en el centro, como su cabello. Me recuerda a la piel de un animal, pero no sé cuál.

—¿Qué hay de su... aroma? —Pregunto—. ¿Sabes si es reciente? ¿Se bajó del autobús y vino directo a correr?

—No, —dice Buddy—. No ha estado aquí desde esta mañana.

Asiento, mi interior se desinfla. Lógicamente sabía que habría evidencia de que Geo había pasado por casa antes de desvestirse para transformarse a lobo. Dejaría su mochila y su ropa y no hay rastros de eso.

¿Se escapó para cazar para su tío Channing?

No, me dice una vocecita. *No haría eso sin decirte.*

Lo que significa que algo anda mal.

—Desapareció, —le digo a Buddy. —Llamaré a Channing.

Buddy se mueve, pero no sale de atrás del arbusto.

—¿Quieres que llame yo?

—No. Tú mantente atento por si llega Geo.

—Por supuesto.

—Gracias. —Vuelvo a entrar a la casa y marco el

número de Channing antes de estar adentro. Apenas lo hago, el alivio me invade. Alejé a Channing por el peligro que traía, pero de pronto está tan claro: en una crisis, recurro a él. Es él en quien confío.

* * *

Channing

Me suena el teléfono y me despierto, me siento de golpe. Corrí por el Gran Cañón anoche hasta que me sangraron las patas. No volví hasta medianoche cuando me estiré en una mesa de picnic en forma humana y debo haberme quedado dormido. Por fin.

Mi lobo está frenético, y sé que algo anda mal antes de ver el nombre de quien llama.

—¿Julia?

—Geo desapareció, —dice—. ¿Está contigo?

—¿Qué? No. —Me paro de golpe—. ¿Qué quieres decir con desapareció?

—Nunca regresó de la escuela. Pensé que podría haberse escapado de casa, ido a intentar encontrarte.

—No haría eso. No te preocuparía así.

—Lo sé, —su voz se quiebra—. Espera un momento, —ella suena distraída—. Hay alguien en la puerta principal.

—Julia—espera...

Se ha ido antes de poder advertirle que observe por la mirilla antes de quitar la traba. No es estúpida.

Pero pongo la vista de las cámaras de seguridad en mi teléfono. Hay un sedán blanco desconocido en la entrada de Julia. El conductor es un tipo que luce musculoso y lleva gafas de sol.

Paso a la vista de la cámara de la entrada y mi interior se vuelve cemento.

Allí, en la entrada de Julia, está Hannibal.

* * *

Julia

El tipo parado en mi entrada luce bastante profesional. Lleva un traje a medida que va bien con su marco enorme. El coche en la entrada luce como uno que tomó del aeropuerto, pero no puedo estar segura.

—¿Quién es? —Dudo, mis manos en la traba.

—¿Señora Armstrong? —dice una voz grave a través de la puerta—. El Sr. van den Berg requiere su presencia en su hogar.

¿Por qué mi jefe mandaría un coche a buscarme? ¿Me olvidé de algo? Abro la puerta principal.

—Este no es un buen momento.

—Creo que lo es, Sra. Sánchez. Él quería que le dijera que tiene a su hijo.

—Geo. —Me apoyo en el marco de la puerta—. Gracias a Dios. Espera... ¿por qué? —Mi mente intenta hacer que tenga sentido. Mi jefe debe haberlo recogido de una salida. ¿O tenía algo que ver con la escuela nueva? Estoy totalmente confundida, pero al menos sé que está a salvo—. Un segundo. Déjame buscar mi bolso. —Volteo; dejé mi teléfono en la mesita con las llaves. Channing sigue en la línea. Lo escucho gritar algo.

—¡Julia! No...

—No necesitará eso. —El tipo grande pone su mano sobre mi brazo y me tira hacia atrás. Antes de poder gritarle que me suelte, toma mi celular de la mesa y lo aplasta con el puño.

Me quedo sin aliento y él me tira hacia la puerta.

—Por aquí. Será mejor no hacer esperar al Sr. van den Berg.

* * *

Channing

Miro con una furia impotente mientras Hannibal arrastra a Julia por la puerta y la tira en el asiento trasero del coche. Mis gritos de advertencia no le llegaron a tiempo. Incluso si así hubiera sido, ¿qué podía hacer contra Hannibal? El maldito podía dominarla con un dedo.

Sabía que el Sr. van den Berg era un raro. Tiene a Geo, escuché eso.

El sedán queda fuera del alcancé de las cámaras, pero no antes de ver algo bueno. Una forma peluda negra y blanca que sigue el camino de la entrada.

Buddy. Él llegó. Si sigue al coche, tendremos una oportunidad.

Toco el botón de emergencia de mi teléfono y pido refuerzos por radio.

—Flagstaff. Ubicación a determinarse.

Si Buddy hace su trabajo, tendremos una ubicación pronto.

Me subo a mi moto. A unos minutos de andar, me suena el teléfono con una llamada de Buddy.

—Dime que lo tienes, —digo a modo de saludo.

—Lo seguí. —Está sin aliento por perseguir el coche y esconderse para no ser visto—. Te enviaré la ubicación.

—Envíala también al comando central. —Buddy tiene una línea con la sede central de nuestra manada. Se comunicará con ellos mientras cazo a Hannibal.

—Hecho.

—No pude detenerlos, —dice, su voz llena de arrepentimiento—. No pude pelear...

—Hiciste lo que hacía falta. Tenemos una oportunidad de salvarla a ella y a Geo gracias a ti.

—Ve por ellos, —dice Buddy.

—Diez cuatro. Channing, fuera.

Saco las coordinadas que me envió Buddy. El coche de Hannibal está moviéndose, pero puedo suponer adónde van.

Es hora de visitar al jefe de Julia. Sólo necesito que Geo y Julia se mantengan con vida hasta poder lograr el rescate.

Acelero la motocicleta y salgo disparado a máxima velocidad.

Espera, Julia. Ya voy.

* * *

Julia

El sol se ha puesto por debajo del horizonte para cuando llegamos del largo recorrido hasta la mansión del Sr. van den Berg. He estado aquí antes para una fiesta de fin de año. La arquitectura gótica lucía festiva, llena de luces. La piedra importada ahora se ve fría y prohibida como un fuerte de piedra. Una prisión.

Nadie ha dicho explícitamente que soy prisionera, ¿pero qué más podría ser? Un hombre gigante me metió en la parte de atrás de un coche contra mi voluntad. Dijo que tenían a mi hijo.

Me siento en silencio, mi postura es rígida y tensa. Llevo mi ropa de trabajo: un suéter con escote en V y pantalones de yoga. Sin zapatos, sólo mis soquetes de lana. Sin teléfono. Sin armas.

Sólo tengo mi inteligencia y la certeza de que Channing

202

me encontrará. Si no escuchó todo por teléfono, Buddy se lo comunicará.

Channing vendrá por mí. Parece que sus instintos acerca de mi jefe estaban en lo correcto. Debería haberlo escuchado. Él moverá cielo y tierra para rescatarnos a mí y a Geo. Necesito esperar, llegar a Geo y mantenernos con vida hasta que venga.

Haré un par de preguntas, mantendré una voz calmada.

—¿Qué quiere el Sr. van den Berg de mí? ¿Por qué se llevó a Geo?

El conductor no dice nada. Tampoco el tipo gigante sentado junto a mí, el que me obligó a entrar al coche. Él me ve mirando la cerradura de la puerta y la traba.

—No, —me dice. Su voz es grave y de alguna forma está mal. Me hace querer golpearme contra la puerta más lejana —. Sin trucos.

—Quiero ver a mi hijo, —le digo.

El coche llega a una puerta principal imponente, una monstruosidad arqueada y llena de estatuas, modelada a semejanza de la Catedral de Notre Dame. Espero a que salga el tipo grande y que venga a abrirme la puerta. Esta vez no me agarra. Los moretones en mi brazo laten cuando paso a su lado y entro a la casa.

Mi guía no me lleva a una de las hermosas salas de estar o a la oficina del Sr. van den Berg junto a la enorme biblioteca.

—Por aquí. —Me lleva como ganado a una puerta trasera y la abre. El aire frío y apestoso llega a mi rostro. Tiemblo, miro hacia abajo a la escalera de piedra.

—Quiero ver a mi hijo, —digo con una voz calmada. No tiene sentido entrar en pánico, incluso si pudiera. Estoy más allá del pánico, más allá del miedo. Nada más importa que llegar a Geo.

Él asiente hacia las escaleras ensombrecidas.

—Abajo.

Me lastimará si no voy. El dolor en mi brazo es prueba de ello.

Geo, por favor que estés bien.

Respiro aire puro y desciendo. Las luces se encienden cuando paso. El mal olor no es de moho o de un drenaje subterráneo. Es denso y apesta a sangre y vísceras, como una planta procesadora de carne. Respiro por la boca mientras camino más a lo profundo, mi guardia me sigue como un perro a los talones.

Al final de las escaleras de piedra, el frío en el aire traspasa mi suéter fino. Mi guardia ingresa un código en un teclado que parece de alta tecnología junto a una puerta pesada de piedra.

El pasillo detrás es algo salido de una pesadilla. Se me congelan los pies sobre la piedra resbaladiza. A cada lado hay puertas gruesas con barrotes por encima. Celdas de prisión.

Los escalofríos recorren mi piel ya helada. ¿Por qué tiene mi jefe un calabozo en su sótano? Qué tipo de enfermo, retorcido... El pánico aparece y lo vuelvo a tapar. Necesito estar en calma por Geo.

Mi guardia abre una de las puertas y me empuja dentro.

Dos luces se encienden en las sombras. Frente a mí, un par de ojos.

—¿Mamá? —Geo se pone de pie y me abraza.

—Mijo. —Lo llevo contra mi pecho. No hay una luz que ilumine toda la habitación, pero no parece estar herido. Está entero.

Detrás nuestro, la puerta de la celda se cierra. El guardia mira entre los barrotes.

—El Sr. van den Berg estará pronto con ustedes.

—Espera, —grito, pero se ha ido—. ¿Qué sucede? —Le pregunto a Geo mientras paso una mano sobre su cabeza para asegurarme de que está ahí.

—No lo sé. El Sr. van den Berg llegó y me dijo que estabas en su casa y que se suponía que me recogiera. Mi lobo sabía que algo andaba mal, pero un tipo grande apareció detrás de mí y me clavó una aguja en el cuello. Me desperté aquí. Pero estoy bien.

La traición quema como ácido en mi garganta. El Sr. van den Berg se metió en nuestras vidas. ¿Pero por qué?

Cuando escapemos, le romperé el cuello a mi jefe.

—Saldremos de aquí, —le digo a Geo con confianza. No menciono a Channing porque hay cámaras aquí y no quiero que sepan que vendrá—. ¿Puedes abrir los barrotes?

—Lo intenté. Me queman.

Plata.

Oh por dios. El Sr. van den Berg sabe que Geo es transformista. ¿Será también él un transformista? ¿Qué quiere con nosotros?

Un golpe lejano y cambia el aire. Pasos medidos hacen eco en el pasillo.

Las luces se encienden, entran entre los barrotes. Me estremezco, miro con dificultad el cuadrado brilloso de la puerta hasta que una sombra cae sobre él.

—Julia. Me alegra tanto que estés aquí. —La voz del Sr. van den Berg es suave como el escocés, como si me estuviera saludando en una reunión por la tarde en vez de en un calabozo.

Empujo a Geo detrás de mí y me pongo en la línea de visión del Sr. van den Berg.

—¿Por qué estamos aquí? ¿Por qué está haciendo esto? ¿Qué quiere?

—Me alegra que lo preguntaras. —Da unos pasos atrás y

muestra al guardia gigante detrás de él. Está en modo profesor. Todo lo que le falta es un maldito trago—. Por generaciones, mi familia ha podido acceder a cualquier placer que pueda comprar el dinero. Mi abuelo solía llevarme en largos viajes de caza. Me contaba que su bisabuelo cazaba todo tipo de cosas en estos bosques. Los venados, osos y leones de montaña más grandes que hayas visto. Hoy en día, los humanos los han ahuyentado o mataron a todos sus depredadores naturales. ¿Sabes que alguna vez había lobos gigantes en estas colinas? Ahora hay menos de cien en este estado.

—¿Eso qué tiene que ver con nosotros?

—Hay sólo una especie que sigue siendo una amenaza para los humanos. Digna de cazar. Uno de mis compañeros los descubrió y fundó una organización para estudiarlos. Recientemente me iniciaron a los rangos de la orden. ¿Y qué descubrí? A un transformista viviendo en mi patio trasero. —Él mira lascivamente a Geo.

—Nos buscó. —Tiene sentido. El puesto cómodo, el horario flexible, el trabajo remoto. Su grado inusual de interés en nuestras vidas personales.

—Los he estado observando a ambos durante un tiempo. Para mi asombro, no podía observar dentro de tu casa. Había otro sistema de seguridad y quitarlo llamaría la atención hacia nosotros.

El sistema de seguridad de Channing. Nunca pensé que se lo agradecería tanto.

—Pero tenía razón. La evidencia decía que llevaría años para que Geo fuera lo suficientemente grande para la caza. Para que emergiera su animal. Para «obtener a su lobo» como se dice.

—Es un monstruo...

—No, cariño. Soy un conocedor. Y tu hijo es un animal.

Uno que yo y mis compañeros Venatores disfrutamos cazar. Él nos dará mucho entretenimiento en las próximas semanas.

—¿Venatores? ¿Así se llaman?

—¿Suena bien, no? Y yo sería el Premier, su Lanista, porque he asegurado la presa perfecta. Pero tenemos algunas dificultades haciendo que Junior aquí coopere. Necesita el incentivo adecuado. ¿Hannibal?

Van den Berg voltea. El gigante se acerca y abre la puerta. Me saluda con una pistola apuntando mi pecho.

—Geoffrey, —dice el Sr. van den Berg—. Si no quieres que muera tu madre, harás lo que te digo y te transformarás.

* * *

Channing

El jefe de Julia vive en una gran casa extraña como el mega villano que es. Este es el tipo de dinero que está detrás de Hannibal.

Me encuentro con Buddy al borde de los jardines cuidados que dan al pequeño estacionamiento. Tres coches blindados familiares están estacionados allí. Van de Culo los debe haber pedido al por mayor.

Buddy está en su forma animal, su gran cola peluda se mueve. Hay una larga tira blanca en su espalda que indica peligro a cualquiera que se ponga en su contra.

No es mucho más grande que un zorrino común. No en estatura. Pero su olor puede llegar a los quince metros. Si no te mata, desearías que lo hiciera.

—Entraremos ahora. —Mi lobo me dice que no puedo esperar refuerzos. Al menos estamos tapados por la oscuridad—. Necesito que cortes la corriente. Que no haya luces, la electricidad. Si puedes encontrar los controles del sistema de seguridad, haz que se active. Los aspersores, todo. Caos. Será mi fachada.

Buddy, el zorrino, chilla.

Le doy un pequeño intercomunicador.

—Aquí. Podrás escuchar todo lo que hago. Te diré si cambian las órdenes.

El zorrino se para en sus patas traseras y pongo el rastreador en su oreja. Tendré que agradecerle a Lance más tarde. Es el que diseñó y armó los dispositivos de comunicación para los de tamaño roedor.

—Y esto. —Le paso una herramienta de coches especial que tomé de un operador secreto. Se la lleva a la boca, en donde se abulta en su mejilla—. ¿Ponla debajo de una camioneta por mí, bien? —La herramienta nos permitirá hackear uno de los coches inteligentes—. Si tu vida está en peligro, sales. Te salvas a ti mismo, ¿entendido?

En vez de chillar, levanta la cola. Una amenaza.

Me está diciendo que no, que preferiría completar la misión que salir con vida.

Le ofrezco el puño, sorprendido por conmoverme.

—Gracias, amigo. Cuando salgamos de esta, tendrás todos los bichos bañados en chocolate que quieras. Yo invito.

Choca mi puño con su pata y completa el saludo de puños más pequeño del mundo antes de alejarse. Miro la luz blanca brillante que pasa por encima del césped y desaparece bajo el coche. Se tomará un momento y usará mi invento para preparar un vehículo de escape antes de encontrar la forma de derribar la fortaleza del villano Conde Von Idiota. Hará algo de redecoración para mí y creará el caos que le pedí. Cuando se lo pida, echará algo de perfume. Tienen que haber guardias y sistemas de seguridad en la casa, pero Buddy ayudará a que el campo de juego esté más parejo.

Hannibal está dentro de la casa. Y Geo. Y Julia.

Me pongo mi intercomunicador en la oreja. Bajo mis vaqueros y chaqueta de cuero, llevo los calzoncillos que el ejército creó para nosotros.

Me transformo y me meto en los grandes jardines, mi lobo va pegado al suelo. Me escondo detrás de una camioneta y encuentro el sutil olor a las marcas de Buddy, nada asqueroso, sólo lo suficiente como para dejarme un rastro al estilo zorrino.

Los segundos pasan. La luna es una franja sobre mi cabeza.

Al otro lado, el ruido de los generadores externos cesa. Un minuto después, cada ventana iluminada de la mansión se apaga.

Corro hacia la casa.

* * *

Julia

Miro el barril de la pistola, mi mundo se achica al agujero negro y al calor frágil de Geo detrás de mí.

Un quejido escapa de la garganta de Geo, pero no sucede nada.

—No soy un hombre paciente, —gruñe van den Berg. El arma en mi rostro no se mueve ni un milímetro.

La luz se enciende una, dos veces y se apaga, nos deja en total oscuridad.

La puerta delante de mí se cierra.

—¿Qué sucede? ¿Qué es esto? —se queja van den Berg como un niño.

—Señor, —dice el tipo grande, Hannibal—. Tenemos que sacarlo de aquí.

—No. Ve, encárgate de esto.

Hannibal se aleja.

Me abrazo con Geo en la otra punta de la celda.

—Mijo, cuando te diga, necesito que te transformes.

—Ma, no puedo. Lo he estado intentando.

—Puedes. Absolutamente, puedes. Eres mi hijo. Tu padre estaría orgulloso de ti.

Geo vuelve a quejarse y lo sostengo con más fuerza.

—Yo estoy orgullosa de ti. Y también Channing. Él está aquí ahora y necesita ayuda.

Geo entierra su rostro en mi cuello, todo su cuerpo tiembla. Siento que muy dentro de él se está comunicando con su lobo. Por mucho tiempo le ha temido a su animal. Se ha avergonzado de ser tan diferente de sus amigos humanos. Puedo haber contribuido a esa vergüenza con mis miedos humanos. Pero ahora lo libero.

Channing le mostró la alegría de ser lo que es. Con Channing, se lució en su naturaleza de lobo. Descubrió un mundo nuevo. Y luego lo volví a alejar. Pero me equivoqué. Mi hijo es un lobo. Tiene que estar con otros lobos. Y necesito a Channing.

Listo. Lo admití. Me estado negando a la única persona que podría cambiar todo mi mundo. Llenar el vacío enorme que dejó Geoffrey. Hacer que las cosas fueran más livianas y divertidas. Darme placer y compañía. Amor.

¿Todo por qué? ¿Por seguridad?

Mira adónde me ha llevado eso. Nunca estuvimos a salvo y es porque Channing no estaba con nosotros.

—Sé que estás allí, —le susurro al lobo—. Eres parte de nuestra familia y te necesitamos ahora mismo.

Geo aceptará al hermoso monstruo en su interior y yo también.

Van den Berg golpea los barrotes con su arma.

—¿Qué están diciendo por allí? Deténganse. —Él me apunta con el arma—. Tú. Julia. Levántate. Necesito una rehén.

—Me pongo de pie y murmuro, —Prepárate, mijo.

La puerta se abre de repente.

—Ven, —van den Berg me llama hacia adelante. Salgo al pasillo y me voy a la derecha. Una bala pasa junto a mí y se entierra en la pared.

Un gruñido hace eco en la celda y una sombra fantasmal sale por la puerta abierta. van den Berg grita. Su arma cae al suelo. La tomo y me levanto.

Un lobo gigante se para encima de van den Berg, su mandíbula junto a su rostro.

—Buen trabajo. —Apunto el arma, cubro a Geo cuando camina hacia mí. van den Berg puede estar haciéndose el muerto—. Vámonos.

Regresamos por la escalera ilesos. Cierro las puertas detrás nuestro, espero que se traben.

El lobo de Geo camina a mi lado. Mantengo una mano sobre su lomo y tomo el pelaje grueso. La bestia es tan fuerte y sólida, algo en lo que puedo confiar.

Se escucha un aullido a la distancia. *Channing.* El lobo de Geo acelera y me lleva con él. Mantengo el arma en alto, alerta y confío en que mi hijo olerá la forma de pasar el pasillo.

Un segundo después, estornuda. Yo también lo huelo. Un mal olor que te hace agua los ojos, como si alguien hubiera soltado a cien zorrinos aquí.

Otro aullido, este suena más cercano. Channing está en algún lugar dentro de la casa. Tenemos que llegar a él. No puedo ir directo a la salida; estará custodiada. Tenemos que escaparnos.

Nos guío en dirección al aullido hasta que llegamos a una estatua que reconozco del paseo por la casa en las festividades.

—Por aquí. —Muevo a Geo hacia la derecha por una biblioteca que huele a cuero y libros antiguos. La puerta trasera lleva al estudio de van den Berg. Más adelante hay enormes ventanas. Corro hacia una y miro abajo. Podemos intentar abrirla y saltar por allí. Está en un segundo piso, pero hay algunos arbustos debajo que mejorarán la caída.

Se escuchan voces en el pasillo y me escondo detrás del escritorio. Geo empuja para ponerse a mi lado, jadeando.

—Por aquí, —van den Berg suena furioso. Botas pesadas pisan a su lado—. No toques los muebles, —dice de mala manera—. Estaré en mi estudio. Encuéntralos y tráelos a mí.

La puerta del estudio se abre.

—Necesito un trago. —Mi ex jefe se acerca al minibar. Contengo la respiración.

En una parte lejana de la casa se escuchan disparos. Las botas se van corriendo en esa dirección. Más disparos.

Luego, un gruñido grave. Channing se está acercando.

Van den Berg maldice. El hielo choca contra el vaso mientras levanta el teléfono.

—Sí, bobo, está aquí. —Van den Berg le habla mal a alguien al otro lado de la línea—. Puedo escucharlos matando a tus hombres. ¿Debo hacer todo yo? —Golpea el teléfono y se acerca a una biblioteca junto al hogar—. Iba a cazar a tu sobrino, pero eres mucho más impresionante.

Más gritos. Las balas chocan contra las paredes. Un rugido hace temblar la habitación, seguido por un grito agudo y un sonido horrible. Un gruñido traspasa la puerta.

Channing está afuera.

van den Berg toma un arma de su arsenal privado y la levanta, apuntando a la puerta.

Me levanto y me pongo en su camino.

—Ey, idiota.

La cabeza de van den Berg gira hacia mí.

—Renuncio.

Y lo hago volar.

***

Channing

Escucho un disparo y entro a la habitación de golpe. Un hombre muerto yace en la alfombra, sostiene un arma. Julia está parada con ambas manos firmes sobre la pistola, respirando fuerte.

Geo sale de atrás del escritorio.

Vuelvo a transformarme y me acerco a ellos.

—¿Están bien? ¿Están heridos?

—Estamos bien. —Los ojos de Julia están bien abiertos. Está pálida y tiembla.

Me agacho junto a Van den Berg para cerciorarme. Está muerto. Tomo su pistola.

—Tuve que hacerlo. —La voz de Julia se quiebra—. Iba a dispararte.

—Lo sé. Hiciste bien. Ven aquí. —La traigo cerca para darle un abrazo—. Ambos lo hicieron.

—Hay más de ellos, —su voz es apenas más que un susurro.

—Lo sé. Me encargué de todos los que pude. Buddy se ocupará del resto.

—¿Buddy? —Ella frunce la nariz.

—Está aquí. Cubrirá nuestra salida. Nos iremos de aquí. —Señalo la ventana.

Se escuchan voces en el pasillo. El lobo de Geo corre a la ventana y salta mientras protejo a Julia de los vidrios que vuelan. La levanto y salto al jardín. Geo y yo corremos hacia el bosque.

—Muy bien, Buddy. Apéstalos, —le ordeno en mi inter-comunicador.

Ya estamos casi en el estacionamiento cuando explota un rugido. Hannibal está parado en la ventana arruinada de la oficina, enmarcado por vidrios rotos.

Viene por nosotros. Con mi velocidad de transformista, puede que logre correr más rápido que él llevando a Julia, pero no quiero arriesgarme. Hannibal podría ocuparse de Geo y luego concentrarse en nosotros.

Necesito enfrentarme a él.

—Cambio de planes, —le grito a Geo—. Dirígete a la todoterreno. Buddy, sal de ahí. —Bajo a Julia y pongo una mano debajo de la camioneta donde Buddy dejó la herra-mienta para encender el coche. Con ella, abro fácilmente la puerta y la pongo en el asiento del conductor.

—Geo, vuelve a transformarte. Conducirás.

—¿Qué? —Julia está boquiabierta—. ¿Por qué no conduzco yo?

—Porque no, —la guío al siento del pasajero y le paso el arma que le saqué a Van den Culo—. El pasajero lleva el arma.

—¿Qué hay de ti?

—Protegeré a mi familia. Me permito un momento para tocarle la mejilla, luego me aparto del camino de Geo. —Mantén a salvo a tu mamá, —le ordeno mientras se apresura en sentarse en el lugar del conductor—. Cuento contigo. —

Volteo y me enfrento al monstruo que nos persigue, con cuernos que salen de su cabeza.

* * *

Julia

Channing cruza el jardín hacia la mansión.

Su paso es fluido y suave como el de un lobo, pero también bastante engreído.

El guardia gigante, Hannibal, sale de entre las sombras. Hay cuernos gigantes encima de su cabeza. Su traje se está rompiendo en las costuras, haciéndose pedazos cuando el monstruo sale explotado de él. Parece un demonio y está corriendo hacia nosotros.

Channing se para firme.

—¡Revancha! —grita. Toma carrera y su lobo sale explotado de él, corre hacia Hannibal. Los dos chocan y la tierra tiembla.

Tomo la manija de *oh, mierda* de la camioneta y me sostengo del arma con la otra mano. Channing y Hannibal son un ente borroso de pelaje y cuernos.

—Lo tengo, —murmura Geo jugando con el dispositivo que usó Channing para abrir el coche. Se enciende el motor. Él no espera, sólo acelera. La camioneta sale disparada hacia el bosque. ¿Desde cuándo sabe conducir Geo? ¿Channing le enseñó? Preguntaré después.

—Voltea, —le ordeno y logro hacer equilibro sosteniendo el arma con ambas manos. Está cargada—. Quiero apuntar bien.

—No. —La voz de Geo se volvió un octavo más grave desde que hablamos en la celda—. Tengo mis órdenes. Te llevaré a un lugar seguro.

Estiro el cuello mientras nos alejamos. Frente a la mansión, la bestia con cuernos golpea el suelo con su puño. No le acierta a Channing y le da al piso. La tierra tiene un cráter y hay ondas de temblor debajo del coche.

La próxima vez, sus puños encontrarán a Channing. El lobo blanco y marrón se aleja, sus patas traseras no funcionan muy bien.

Hannibal corre tras el lobo rengo.

Un pequeño cuerpo peludo sale disparado por la puerta y salta, colgándose de la pierna de Hannibal. El monstruo grita y patea. El pequeño cuerpo sale volando.

—Buddy, —grito—. El cuerpito yace quieto a unos metros—. ¡Tenemos que ayudarlo!

—Tenemos que irnos. —La voz de Geo se quiebra—. Esto es lo que él querría.

El lobo se ha recuperado. Vuelve a saltar, gruñendo, jugando con el monstruo de cuernos a un baile mortal. Pero sus dientes y garras no le hacen nada al monstruo. La única arma que tiene Channing contra Hannibal es su velocidad.

Tengo que ayudarlo.

—Mijo, —susurro—. Por favor. Es mi pareja.

Geo niega con la cabeza, pero toca los frenos. La camioneta va más lento.

Toco su mejilla. —Si algo me sucede, corres lo más rápido y lejos que puedas. Velocidad de transformista, ¿bien? Puedes ser más rápido que el resto.

El llanto mueve los hombros de Geo mientras asiente.

—Te amo, —le digo y salgo de la camioneta.

* * *

C*hanning*

Me enfrento con Hannibal, mis patas delanteras me hacen pararme. Su pie me atrapó hace un minuto y me quebró la espalda. Mi columna cosquillea con la sanación regenerativa.

Las chances no están de mi lado en esta pelea. Este maldito no es un transformista normal. Está modificado de alguna forma. Nunca conocí a uno como él. ¿Quién puede sobrevivir a que le dé un cohete?

Es más lento que yo, pero me estoy cansando. Mis dientes y garras no pueden penetrar su piel de armadura. Necesito encontrar la forma de vencerlo.

La camioneta se acerca y toca bocina como si estuviera detenida en el tráfico de Nueva York. Chilla al frenar entre Hannibal y Buddy.

¿Qué carajos?

—Hannibal, —grita Julia. Está parada en el jardín, frágil y desprotegida.

Levanta el arma y apunta. *¡Pum!*

Hannibal grita. Le dio de lleno, justo en el pecho.

Julia pasa a otra ronda y le apunta de nuevo. *¡Pum!* Otro golpe, y Julia sigue de pie. El rebote le dio en el hombro.

Mi hermano estaría orgulloso.

Hannibal se tambalea, tiembla. Pero sigue de pie. ¿Cuántas rondas tendrá esa escopeta? ¿Tres? ¿Cinco? Tengo la sensación de que Van De Culo esperaría a que su presa estuviera herida por sus hombres antes de acercarse a dar el último disparo final.

Julia estaría sin defensas.

Rujo y corro hacia Hannibal, pero ya está dirigido hacia Julia. Ella lo mira, toma la escopeta para lo que sería el último disparo.

¡Pum! Hannibal se tambalea. Le dio en el pecho con lo

que puede ser una bala de plata. ¿Será suficiente para detenerlo?

Acelero hasta donde están. El mundo va más lento, se nubla. Julia levanta el arma y apunta a la cabeza de Hannibal. El arma rebota con la explosión, pero la bala pasa al lado de los cuernos de Hannibal. No le dio.

Hannibal grita y va hacia Julia como un toro enfurecido. Su arma vuelve a explotar. La cabeza de Hannibal se mueve como si le hubiera dado, pero la bala sólo lo rozó. Sigue avanzando.

No tiene más disparos. Está congelada, sostiene el arma como un garrote.

¡*Bip bip!* La camioneta aparece de la nada y choca contra Hannibal. El frente se frunce, pero Hannibal cae y se queda allí el tiempo suficiente como para que el vehículo retroceda y recoja a Julia. Ella entra al asiento del acompañante.

Sabía que esas clases de conducción secretas que le di a Geo vendrían bien. Luego le pediré perdón.

Si sobrevivo esta pelea.

Hannibal se levanta y va hacia la camioneta.

Estoy a punto de perseguirlo, un perro en sus talones, de ver si puedo detenerlo, cuando se abre la parte trasera de la camioneta. Buddy el zorrino saca el trasero del baúl y levanta la cola.

Mi lobo gira y mete la cara en la tierra justo a tiempo. El olor se mueve por el jardín.

Hannibal cae, gritando. Sus cuernos mueven la tierra mientras entierra su cabeza para escaparse del olor.

La camioneta va hacia el bosque. Buddy les ganó algo de tiempo, pero Hannibal aún no está acabado. Ni bien pueda, los perseguirá.

Ahora yo debo detenerlo.

Me abalanzo sobre él, respirando el aire apestoso con arcadas. Hay viento y me inclino hacia él, vuelo hacia Hannibal y lo tiro al piso. Reboto y vuelvo a correr, tiro de sus brazos, lo canso. Es mucho más grande, pero soy un lobo. Y esta es mi familia. Nadie la toca y vive.

Me acerco, molestándolo una y otra vez. Sus puños encuentran mi espalda en proceso de sanarse, pero me alejo, escapo de la fuerza del golpe. Vuelvo a acercarme y él baja los cuernos, apuntándome. Me muevo hacia atrás, sangro por los agujeros a mis costados.

Hannibal se para y veo una oportunidad. Las balas de plata lo dañaron. Hay una podredumbre negra en su pecho, irradia desde sus axilas hacia las heridas de bala. Si tengo suerte, la piel arruinada será suficiente para que mis dientes puedan cortar.

Es ahora o nunca. Corro hacia él y salto a último momento. Mis caninos encuentran la piel podrida y clavo mi mandíbula. La plata me quema las encías y la lengua y sigo mordiendo, clavo profundo los dientes.

Hannibal me da golpes en la espalda. Mi columna cede ante la fuerza. El dolor me recorre.

Y sigo sosteniéndome.

Golpea mis hombros y me arrastra hacia atrás. Empujo pero mis patas traseras no responden. Sostengo más fuerte con la mandíbula. La piel se desgarra del pecho de Hannibal. Arrojo la cabeza hacia atrás para escupirla y vuelvo a morder.

Tengo que proteger a mi familia.

Hannibal se aleja y caigo cansado. Pero mi mordida hizo lo suyo. Sus intestinos caen, se inclina hacia adelante y los sostiene. Con un rugido final, se aleja corriendo.

Intento levantar la cabeza, pero apenas se mueve. Todo

mi cuerpo ahora es una bola de fuego. La sangre empapa el suelo a mi alrededor.

—Channing.

La lila y la lavanda me abrazan. ¿Estoy soñando?

No. Julia está aquí, de rodillas a mi lado.

—Ay, Dios mío.

La oscuridad se asoma, me reclama. Pero muevo mi cabeza y ella es lo último que veo.

Capítulo Trece

ulia
Me arrodillo en el césped junto a Channing, muevo las manos sobre su pelaje teñido de sangre. No sé dónde tocarlo. Hannibal le hizo heridas por todos los costados. Y le rompió todos los huesos que pudo antes de salir corriendo.

El suelo bajo mis rodillas está húmedo y negro.

—No puedes morir, —gruño y contengo el llanto—. Acabas de regresar.

—Mamá, —grita Geo. Está intentando conducir la todo-terreno chocada hacia nosotros, pero es demasiado tarde. Las puertas de la mansión se abren y una fila de guardias de seguridad salen rápido. Sólo puedo mirar cómo rodean la camioneta y se nos acercan, con las armas en alto.

Sopla un viento brutal. Un helicóptero desciende y nos sobrevuela, sus aspas son ensordecedoras. Si le pertenece a van den Berg, este es el fin.

Me inclino sobre el cuerpo de Channing.

—Te amo, —susurro sobre el viento cada vez más fuerte.

Un *rat tat tat* llena el aire encima nuestro. Una figura

con uniforme del ejército se para en el lado abierto del helicóptero, con un arma.

Las balas les dan a las nuevas fuerzas y las destruyen. El arma hace cuatro pases, atrás y adelante.

Una vez que el helicóptero está lo suficientemente cerca del suelo, dos figuras saltan de un lado y se nos acercan. Llevan ametralladoras y corren por el jardín hasta estar encima nuestro, cubriéndonos.

—Despejado, —grita uno.

El helicóptero aterriza cerca y el viento fuerte cesa.

—¿Sra. Sánchez? —El soldado más cercano me ofrece la mano—. Soy Rafe Lightfoot. Reconozco el nombre. Es el alfa de Channing.

—Un gusto conocerlo, —le digo pero no le doy la mano a Rafe. No me animo a moverme en caso de que Channing esté muriendo. Hay un pequeño movimiento de elevación y descenso en su pecho peludo.

Un tipo rubio me guiña el ojo.

—Soy Lance Lightfoot. Ese es Deke. —Él asiente en dirección a su tercer compañero de manada, un tipo gigante vestido de negro, que sigue apuntando el arma—. Y Teddy nos trajo volando. ¡Channing, hiciste un buen trabajo!

—Está herido, —digo ahogada.

—Cúbrannos, —le ordena Rafe a su hermano, quien se pone en una posición seria de disparo. Rafe se agacha y observa a Channing por un momento—. No hay balas de plata. No le aplastaron el cráneo. Está bien. Sanará pronto. —Él niega con la cabeza—. Channing, deja de asustar a tu chica.

Giro y obtengo un rostro lleno de lengua de lobo.

—¡Ah! —Grito cuando me lame la cara.

Estoy riendo cuando Channing vuelve a transformarse.

Su brazo izquierdo está medio raro, pero me abraza con el derecho hasta que estoy en su regazo.

—Estás herido. —Me muevo, no quiero apoyar mi peso en él.

—Estoy bien. —Inclina la cabeza y me da un beso fuerte. Debajo de mi trasero, su pene se despierta. Acaba de recibir una paliza, pero igual tiene ganas de hacerlo.

Increíble.

—De eso estoy hablando, —festeja Lance—. ¡Vamos, chico!

Channing termina el beso y me inclino contra él, demasiado cansada como para que me importe.

—Hannibal, —dice Channing mientras gira de a poco la cabeza, como si estuviera rígida—. ¿Acabé con él?

—Se escapó, —digo.

Channing maldice.

—Está bien, —toco su mejilla—. Le ganaste.

—No ha muerto. El maldito es difícil de matar.

—Todo puede morir. Sólo es cuestión de encontrar su punto débil. —Rafe suena que personalmente encontrará el talón de Aquiles de Hannibal y lo cazará—. Lidiaremos con eso otro día.

—¿Quieres que revise la mansión? —Pregunta Lance. —Deke y yo podemos ir.

—Ehhhh... —dice Channing.

—Muerda, —murmura Deke, uniéndose—. ¿Qué es ese mal olor?

—Ese es Buddy. Channing debe sentirse mejor porque asiente fácilmente hacia Geo y la camioneta—. Él era mi refuerzo.

—¿Buddy? —pregunta Lance—. ¿Nuestro tipo de vigilancia? ¿El Buddy al que no le gusta pelear y es pacífico?

Channing se encoje de brazos.

—Bebe y huele mal. Ese Buddy.

—Considera que la mansión está despejada, —dice Rafe—. Pedí más refuerzos por aire. Pienso que un incendio en un hogar se salió de control, destruyó el lugar. Voló una línea de gas y se quemó tanto que no se encontraron los cuerpos.

—Trágico. —Channing sonríe y muestra esos hoyuelos que amo tanto.

—Esperen, —digo—. Van den Berg dijo algo acerca de una orden. Hay más de ellos. Se hacen llamar los Venatores.

—¿Venatores? —Rafe se frota el mentón—. Tenemos que buscar los registros. Puede haber información en las computadoras o en el calabozo.

—¿Calabozo? —Repite Lance.

—Más tarde, —responde Channing—. Quiero llevar a mi familia, —me mira acalorado— a casa a salvo.

—Hazlo, —dice Rafe—. Hablaremos más tarde.

Channing se levanta y me ayuda a pararme mientras me preocupo por él.

—Con cuidado, —digo, pero se agacha y me pone encima de su hombro.

Grito y le golpeo su duro trasero hasta que me baja. Geo choca contra su tío y Channing nos da un abrazo grupal.

Buddy nos saluda desde el asiento trasero de la camioneta.

—Eso fue épico, —grita Geo—. ¡Estabas como *rrrrr*, y él como *rugido*! Y luego chocaste contra él...

—Muy bien trabajo, amiguito. —Channing golpea la espalda de Geo—. Lo hiciste genial. Vamos a que te cambies la ropa.

Geo levanta la cabeza.

—Ey, mamá, ¿puedo conducir a casa?

—¡No! —Miro a Channing, negando con la cabeza.

—Tengo una idea. —Los hoyuelos de Channing reaparecen—. ¿Alguna vez volaron en helicóptero?

—Por favor. ¿Podemos sólo pedir un Uber? —Me río.

* * *

Channing

Al final, tomo prestada una todoterreno blindada y llevo a Julia y a Geo a casa, después de que Teddy saca una bolsa del helicóptero y nos da algo de ropa a Geo y a mí. Buddy no quiso un aventón, dijo que quería quedarse a terminar lo que quedaba en la mansión.

De camino a casa, recibo una llamada de Rafe en un teléfono descartable que me pasó. Kylie ya pidió los sistemas computadorizados de Van de Culo. Por lo que pudieron hallar en la casa, luce como si hubiera evidencia de una red extendida de Venatores, pero tenemos que averiguar más.

—Esa es una pelea de otro día, —dice Rafe—. Hiciste un buen trabajo, soldado. Sostén el fuerte en casa. Tienes que estar con tu familia. Esa es una orden.

—Sí, señor.

Veo que Geo escucha con atención, su espalda se endereza un poco con el *señor*, y me doy cuenta de que quizás tenga algo que ofrecer como figura paterna. Algo que Geoffrey le hubiera dado.

—Me uní al ejército por tu papá. —Miro por el espejo retrovisor para ver sus ojos—. Porque quería ser el tipo de hombre que fue él. Alguien con honor y valentía.

—Eres ese hombre, —dice Julia. Ella se acerca y me aprieta la mano. Tomo sus dedos y los llevo a mis labios para besarlos—. Lamento haberte alejado, —murmura, parece que no le importa que Geo pueda escuchar—. Me sigue aterrando tu seguridad y la de Geo, pero que te fueras no era una solución. Intentaba proteger mi corazón, pero no era menos doloroso que si algo te sucedía a ti.

Estaciono frente a la casa y Geo sale disparado hacia la puerta, probablemente para darnos algo de privacidad.

—Julia. —Apago el vehículo y volteo en mi asiento para mirarla—. Sé que no puedo ocupar el lugar de Geoffrey.

—No quiero a Geoffrey, —dice de pronto y mis cejas se elevan hasta el crecimiento de mi cabello—. Me refiero a que Geoffrey murió. Te quiero a ti, Channing. Despreocupado, encantador. No necesito que seas como Geoffrey o como nadie más.

Intento y no puedo tragar la angustia en mi garganta.

—¿Sí? —Digo con dificultad.

—Definitivamente. Te quiero a ti. —Ella me sostiene la mirada y me da un giro el estómago que luego comienza a calentarse y envía calor al resto de mi cuerpo.

No sé por qué todavía me cuesta creerlo.

—¿Me quieres a mí? —Señalo mi pecho.

Julia pestañea para evitar que la humedad de sus ojos caiga.

—¿Te quedas, Channing? ¿Por favor?

Abro la puerta y le doy la vuelta a la camioneta sin preocuparme por cerrar mi puerta. Prácticamente arranco la suya de la estructura en mi apuro por abrirla.

—Ven aquí. —La saco de la camioneta y ella envuelve mi cintura con sus piernas, deja besos en mi frente mientras la llevo dentro.

Escucho que Geo está en la ducha arriba, así que la llevo al bajo de abajo donde la bajo sólo para quitarle la ropa.

—Todavía no me has respondido, —dice ella mientras me quito los calzoncillos y abro el agua de la ducha.

Me río.

—¿Todavía no estás segura? ¿Crees que hay algo en este mundo que no haría por ti?

Ella no me devuelve la sonrisa. Su mirada pasa por mis heridas en sanación. La sangre seca mancha mi piel. Sus cejas marrones están llenas de calor.

Abro la puerta de la ducha y meto la cabeza, pero ella no se mueve.

—Márcame.

Me quedo quiero, me late el pene como un palo. Por un momento, no puedo hablar. Es una palabra que nunca pensé que la escucharía decir. Ni siquiera me permití esperarla. Nunca pensé que sería digna de ella.

—¿Estás segura? —Apenas logro decir las palabras. Mi voz tiembla como un maldito bobo.

—Estoy segura. Quiero estar tuya, Channing. Reclamada por ti. Marcada. Casada. Quiero que te quedes. O... ya que no tengo trabajo, podríamos irnos a otra parte. ¿Quizás a Taos? ¿Así Geo podría unirse a una comunidad de transformistas?

Que el Destino me ayude, quiero ponerme de rodillas y llorar como un bebé. En vez de acercarme y levantar a esta mujer, la llevo a la ducha, donde la pongo contra la pared y le doy un beso apasionado.

—Te quiero a ti, Channing, —susurra cuando termino el beso.

—Mierda.

No es mi momento más elocuente, pero no tengo palabras. No puedo creerlo. Doy besos por su cuello. Muevo la lengua sobre sus pechos. Me agacho a levantar una de sus rodillas y poder probarla.

Sostengo su pelvis apoyada contra el azulejo, la abuso con mi lengua, la penetro, y la lavo.

Ella toma mi cabeza, gime. Grita. Trae mi lengua más

cerca. Trabajo sobre su clítoris con la punta de mi lengua, logro ponerlo entre mis labios para succionarlo. Ella se mueve. Meto dos dedos dentro de ella para acariciar su pared interna mientras succiono y ella acaba, sus flujos fluyen por mi lengua.

—Márcame.

Mierda.

Me paro y giro, rápidamente me paso el agua de la ducha, quiero asegurarme de estar limpio para ella. Digno de una hermosa pareja.

Tengo grandes planes de apagar la ducha y llevarla a la cama, pero ella busca mi pene y me olvido mi propio nombre.

Me muevo contra ella, levanto una de sus rodillas hasta mi cintura y presiono. Estoy perdido de inmediato.

Me encuentro de inmediato.

Soy suyo de inmediato.

Toda mi vida gira y colapsa para convertirse en nada más que este momento. Esta cumbre. Este comienzo de éxtasis.

No sé bien qué sucede después. Estoy golpeando contra ella. Los dos nos movemos juntos. Gritamos juntos. Ella dice algo, pero no entiendo qué. Está repitiendo algo.

Oh. Oh, Destino.

—*Tenecesitotenecesitotenecesitotenecesito.*

Mis palabras favoritas.

—Me tienes, —ronroneo.

Y luego todo sucede de repente. Mi clímax. El suyo. Mis dientes la muerden y marcan el lugar donde el cuello se une con el hombro. Ella grita. Seguimos moviéndonos. Seguimos bailando. Sigo empujando hasta que termina. Ambos terminamos de acabar. Hasta que lamí sus heridas y se cerraron y besé toda la piel alrededor.

—Lo lamento, —digo suavemente—. Lo lamento tanto. Sé que duele.

—Está bien, —susurra—. Estoy bien. Se siente bien. O sea, correcto. Ella asiente, su cabeza está inestable—. Se siente bien.

* * *

Julia

Channing está parado en mi deck haciendo hamburguesas. Sin camisa, como de costumbre. Invitamos a los miembros de su manada, así que Buddy, Rafe, Lance, Deke y Teddy también están afuera, hablando con voces fuertes y amistosas. Se molestan entre sí. Se ríen.

Estoy en la cocina armando una ensalada cuando Geo entra.

—¿Necesitas ayuda, mamá?

Escuché que Channing le sugirió venir y preguntarme, pero incluso así mi corazón se derrite. Porque Geo está tan cambiado. Ese niño de preparatoria extraño y a la defensiva ha desaparecido.

Ahora parece estar más cómodo con su cuerpo.

O quizás sea con su pelaje.

Sospecho fuertemente que la comodidad de Geo se trata de encontrar a su lobo y sentirse parte de una manada. A pesar del horror de anoche, nunca antes vi brillar así a Geo. Le encanta la acción dramática. La disfruta, realmente.

—¿Puedes llevar algunas servilletas y platos descartables? Y quédate aquí, quiero hablarte un minuto. —Miro por encima de mi hombro para poder hacer contacto visual—. Channing y yo...

—Lo sé, —me interrumpe—. Te reclamó.

Asiento.

—¿Lo notas?

—Sí.

—Mamá, me parece bien.

—¿Qué?

—Tú y el tío Channing. Creo que es algo bueno. Él es genial.

Mis piernas ceden con alivio.

—Cariño, nadie reemplazará a tu papá, pero...

—Está bien. Me gustan juntos.

—Gracias, mijo. —Apoyo una cebolla morada en la tabla y empiezo a cortarla para las hamburguesas—. Eso me lleva al próximo tema.

Geo entra y se apoya contra la mesada.

—¿Qué, mamá?

—No es algo que tengamos que decidir justo ahora. Es sólo que me gustaría que lo pensaras. ¿Quieres quedarte aquí en Flagstaff o deberíamos mudarnos a Taos para estar con la manada de Channing?

Esperaba que Geo se quejara por dejar a sus amigos. Lograr que estuviera de acuerdo con cambiarse de escuela fue una tarea difícil. Pero parece que Geo se conoce.

—Taos. Definitivamente.

Respiro, sorprendida. Hay movimiento en mi pecho. Alrededor de Geo.

—¿Sí? —Apoyo el cuchillo y envuelvo a Geo en un abrazo.

En vez de empujarme como ha hecho por el último año o dos, se ríe y me golpea incómodo en la espalda.

—¿Eso quieres tú también?

—Bueno, creo que el cambio sería bueno para ambos. Un nuevo comienzo después de todo lo que pasamos.

Hablo de más de lo que sucedió con van den Berg.

Hablo de perder a Geoffrey. De la soledad y la desolación que pasé, además del amor. Suelto a Geo cuando entra Channing con un plato lleno de hamburguesas y cinco hombres detrás, que hacen que la casa se sienta diminuta.

Les señalo los platos, los panes y los extras para las hamburguesas en el centro de la isla.

—Geo y yo hablamos y nos gustaría mudarnos a Taos contigo, —digo sin pensar.

—¿Sí? —El rostro de Channing crea una gran sonrisa.

—Eso es genial, —dice Rafe—. Esperábamos que dijeras eso. No que planeara con sacar a Channing del equipo. Pero extrañamos tener al est...excelente soldado en la base. Rafe corrige su lenguaje a último momento. Su mirada recorre a Geo—. También sería bueno tener algo de sangre joven.

—De ninguna forma, —digo de inmediato—. O sea, nada peligroso. No con mi niño. —Apoyo la ensalada en el centro de la isla con el resto de la comida.

Rafe se prepara tres hamburguesas.

—Por supuesto que no. Está a mi cargo. La manada lo protegerá, y ti, con nuestras vidas.

Respiro profundo. Todavía odio la idea del peligro que aceptan. Ni siquiera puedo pensar en perder a Channing como perdí a Geoffrey. Pero después de ver lo herido que estaba Channing y, sin embargo, lo rápido que se recuperó, sí me siento mejor.

Y no puedo negar lo que es, un guerrero que busca emociones y probablemente siempre me ponga nerviosa. Pero puedo vivir con esa ansiedad. Es mucho mejor que la alternativa. Nunca quiero revivir esas horas horribles después de decirle a Channing que se fuera. Cuando cometí el peor error de mi vida.

Como si supiera qué pienso, pasa un brazo alrededor de

mi cintura y me lleva contra sus abdominales duros como una piedra.

—Geo está en una manada mucho más segura, —murmura Channing y yo asiento.

Mis instintos ya me dijeron eso.

—Cuidaré de este lugar por ti si deseas conservarlo, —ofrece Buddy.

—Lo conservaremos, —dice Channing con firmeza, luego me mira con las cejas levantadas—. O sea, si crees que deberíamos. Estos son buenos terrenos para correr. Y la casa me recuerda a Geoffrey.

Se me nublan los ojos.

—Necesitaremos el dinero para comprar una casa en...

Channing niega con la cabeza.

—Tengo mucho dinero.

—Bueno. Genial. Eso me quita un poco la urgencia de encontrar un nuevo trabajo. Quizás pueda volver ahora a hacer trabajo para organizaciones sin fines de lucro. —Volteo y miro a Buddy—. ¿Estarías dispuesto a quedarte aquí? Querría que alguien la habite.

Buddy se interesa enseguida.

—¡Mierda, claro que sí! Quiero decir, ¡por supuesto, sí! Me quedaría aquí seguro.

—¿Es mejor que dormir en tu madriguera, no? —Channing sonríe.

Arrugo la nariz y frunzo el ceño, intento entender si lo dice de literal o metafóricamente.

—Espera... ¿has estado durmiendo en la propiedad en tu, eh, forma animal?

—Sólo porque Channing me pagó para vigilar las cosas por aquí. —Buddy se encoje de hombros—. Y es más barato que tener una casa. —Él inclina la cabeza hacia un costado—. Vivo afuera en mi coche.

Una multitud de preguntas vienen a la superficie, como dónde y cómo se ducha, pero las dejo para otro momento.

—Bienvenidos a la manada, —dice Lance justo antes de darle un gran mordisco a la hamburguesa—. A ambos.

Deke gruñe para mostrar que está de acuerdo con el sentimiento.

Geo le devuelve la sonrisa, más cómodo en una habitación llena de adultos que nunca antes.

—Gracias. Gracias por venir a salvar a mi hijo, —digo, de pronto llorosa.

Channing me lleva contra él y besa la parte superior de mi cabeza.

—Siempre, —dice Rafe. El resto del grupo murmura que está de acuerdo mientras mastica.

No soy transformista, pero hasta yo me siento cómoda con este grupo de casi-extraños. Segura en saber que sin conocerme, sin nada más que el hecho de que soy la pareja de Channing, me recibirían y me darían hasta la camisa que llevan puesta. Arriesgarían la vida por mí.

Esto es lo que significa tener una familia. Lo que me ha falta desesperadamente. Es la razón por la que resentía la ausencia de Channing.

Ahora tengo todo lo que podría haber pedido: Channing. La autorrealización de mi hijo. Una nueva familia. Espero que la vuelta a un tipo de trabajo que amaba, el derecho para organizaciones sin fines de lucro. Un nuevo comienzo.

Channing me pasa un plato de comida que llenó para mí. Como siempre, presta atención. Se ocupa de mí. Ese hombre hermoso, alocado y un poco bromista me eligió para ser su pareja.

Nunca me sentí tan amada.

Tan afortunada.

Epílogo

*J*ulia

El viento me vuela la falta mientras subo el sendero. Estoy jadeando, agradecida por mis botas de senderismo.

—No tenías que ponerte un vestido. —Channing sostiene mi brazo para equilibrarme.

—Quería hacerlo, —le digo. La tela blanca que vuela es perfecta para el día caluroso. Las flores bordadas a mano y el diseño con un hombre descubierto me hacen sentir linda —. Tampoco teníamos que celebrar en la cima de una montaña.

—Sólo es una gran colina. ¿Quieres que te lleve?

—Ni te atrevas, —le advierto, pero me estoy riendo y él lo toma como una invitación.

Me levanta, con el vestido volando, las botas de senderismo, el tocado floral y todo, y subimos rápido la colina. Llego a mi propia boda en los brazos del novio.

Toda la manada de Channing está aquí con sus parejas. Lance tiene a su pequeña. Sadie se apoya en su gran pareja, Deke, quien envuelve su barriga con sus largos brazos.

Apuesto a que habrá más bebés en la manada a esta altura del próximo año.

Geo viene a recibirnos, luce genial en su esmoquin.

—Lindo traje de pingüino. —Channing golpea la espalda de Geo.

—Basta, —le digo—. Mijo, luces tan adulto.

—¿Tienes los anillos? —Pregunta Channing.

Geo asiente con solemnidad, luce tan adulto.

Las lágrimas invaden mis ojos.

—No lloraré, —le digo a Adele, quien se ríe suavemente. Ella sostiene mi ramo. En los últimos meses, ella y yo nos hicimos amigas rápido. Es la que me ayudó a asegurarme un puesto legal con el Taos Pueblo. No tengo idea de cómo subió hasta aquí con esas hermosas botas altas.

—¿Listos para empezar? —Pregunta Rafe, tomando el control. Él le asiente a Buddy, quien obtuvo la certificación para hacer de oficiante. Buddy se arregló bien. El esmoquin resalta su cabello blanco y negro de una forma hermosa.

—Espera. —Volteo a ver a Channing, y susurro aunque todos los transformistas puedan oírme—. Quiero verlo.

Entonces Channing me lleva a un pino solitario en medio de las rocas.

—Aquí. —Él se agacha y señala unas viejas marcas de garras en una parte vacía de la madera. Al lado hay algunas marcas nuevas—. Geo hizo esas esta mañana, —dice Channing—. Pero las viejas son de Geoffrey.

Me inclino y pongo mi mano sobre las marcas, las viejas y las nuevas, y digo una oración de gracias. *Gracias, Geoffrey, por tu amor. Seguimos la base que nos diste, una familia de la que te enorgullecerías.*

El viento se vuelve más fuerte y levanta mi cabello. Me levanto con una sensación de paz y tomo la mano de Channing.

—¿Por eso querías casarte aquí arriba? —Le pregunto.

Él se encoje de hombros.

—Recién me enteré esta mañana, —me dice—. Elegí el sitio por la vista.

No es hasta que estamos parados junto a Buddy frente a nuestros amigos y familia que sí veo la vista especial de la que hablaba Channing. Subimos lo suficiente como para ver las montañas a la distancia, pero eso no es lo atractivo a los ojos. En la base de la colina, entre unos pinos, está mi casa. La casa que compró Geoffrey. La casa donde nos convertimos en una familia, Geoffrey, Geo, Channing y yo. Donde viví con y perdí a una pareja y luego encontré a otra. Donde crié a mi hijo. Ha sido un lugar de amor y risas, paz y felicidad.

Nos la quedamos porque era una unión con Geoffrey. Con el pasado. Pero hemos avanzado.

Channing es mi futuro.

Mi nuevo hogar.

Mi familia.

Libro Gratis - La virgin y el vampiro

Quiere un libro gratis de Renee Rose y Lee Savino? Suscríbete a su newsletter para recibir ***La virgin y el vampiro*** y otro contenido especialmente bonificado y noticias de nuevos. https://BookHip.com/XJPQQXK

Libro Gratis de Renee Rose

Quiere un libro gratis de Renee Rose? Suscríbete a mi newsletter para recibir **Padre de la mafia** y otro contenido especialmente bonificado y noticias de nuevos. https://BookHip.com/NCVKLK

Los hombres lobo de Wall Street
Un gran jefe malvado

Medianoche
por Renee Rose y Lee Savino

Bienvenidos a Wall Street, donde los hombres lobo te comerán como desayuno.

Capítulo uno
Madi

Harvard me quiere. Yale me aceptó. Hasta mi *alma mater*, Princeton, dice que me recibirá para posgrado. Pero seguir estudiando cuando mi hermano menor está considerando no hacerlo sería inadmisible, sobre todo cuando mis conexiones en Princeton pueden darme un trabajo en Wall Street en el que gane seis cifras y pueda pagar sus estudios.

El área de recepción de recursos humanos de MoonCo está repleta de jóvenes profesionales que parecen muy capaces y que estarían dispuestos a apuñalarme sin pensarlo.

Ya pasé unas cuantas pruebas escritas, que incluyeron el crucigrama del domingo de *New York Times*, que me llevó aproximadamente sesenta segundos completar ya que lo había resuelto en el viaje en subte hacia la ciudad.

Me vestí perfecto para la ocasión, con mi vestido azul favorito que guardo en la parte trasera del armario y haciéndolo más elegante junto con una chaqueta de traje cuando conseguí una entrevista en Wall Street, doce horas después de que llegara la carta de rechazo de mi hermano.

Estiro mi chaqueta de traje y me pongo derecha para dar una entrevista perfecta cuando llaman mi nombre. Los tacones altos que llevo me están matando, aunque para cualquiera que me mire los llevo como si estuviera en una pasarela mientras una asistente, que sin duda estudió en Harvard, me dirige a un salón de entrevistas en MoonCo.

—Madison Evans, ¿verdad? Soy Genevieve Small, vicepresidente de Recursos Humanos.

—Es un gusto conocerla, Señora Small —entro a la sala de conferencias.

—Sí.

Le doy un apretón de manos con la fuerza justa y tomo asiento. Trabajar en Wall Street no es el sueño de mi vida. Es más bien lo contrario. Así que puedo pavonearme por la sala de conferencias con el aire perfecto de confianza profesional y nada de los nervios que intentan disimular todos los que están allí afuera.

—Te acabas de graduar con honores de Princeton, —Genevieve mira el informe que le alcanza su secretaria.

—Sí.

No agrego nada más. Es parte de mi juego de poder.

Responderé preguntas, pero no intentaré venderme demasiado.

—Fuiste a Landhower.

Se refiere a la preparatoria de niños ricos a la que asistí. La que pude pagar sólo porque un *donante anónimo*, sin dudas mi padre anónimo, ofreció el dinero.

—Así es.

Ya lo sé porque hice la tarea, pero me da una ventaja para conseguir el trabajo. Es la forma en la que trabajan los ricos. Piensa que soy uno de ellos, parte de la elite exclusiva de Manhattan. No sabe que todos los niños y la mayoría de los profesores de Landhower me miraban con desdén porque sabían que no pertenecía. Puede que sea inteligente, pero nunca tendré su linaje. O al menos, no uno reconocido, gracias a mi querido padre abandónico.

Me encojo de hombros.

—Arriba los *Landsharks* —repito nuestro lema con una pequeña sonrisa para suavizar mi tono seco.

No es tonta. Sus ojos se estrechan mientras me analiza, como intentara entender si estoy siendo una imbécil o no. Hago que mi expresión sea un poco más agradable.

Necesito este trabajo.

Fácilmente podría ver a esta mujer como una de las chicas creídas de perlas con las que fui a la secundaria. Las que salían con jugadores de lacrosse y conducían convertibles rojos que sus padres les compraban. Las que miraban mal mi mochila desgastada y mis Converse y me hacían saber que estaban al tanto de que sólo iba a la escuela con ellas porque mi mamá trabaja allí como una simple empleada.

—El puesto para el que te estamos entrevistando es asistente del asistente ejecutivo. Es un trabajo de ritmo rápido y se necesita ser fuerte, inteligente y atento a los detalles. Sólo se te darán instrucciones una vez y se esperará que puedas deducir el resto por ti misma.

—Claro —finjo estar un poco aburrida.

Puede que tengas que viajar y hacer horas extra. Básicamente estarás disponible a toda hora. No es el tipo de puesto para alguien con obligaciones familiares o una vida personal ocupada, en realidad, ningún tipo de vida personal.

—No es un problema.

—Dime cómo te preparaste para esta entrevista.

La miro directo a los ojos.

—Busqué a cada miembro del equipo ejecutivo, empezando por el CEO, Brick Blackthroat, y terminando con usted. Busqué cualquier pista que pudiera decirme qué tipo de ambiente corporativo esperar, además de que cosas en común pudiéramos tener, como nuestra alma mater compartida.

Ella estrecha los ojos, como si de repente no estuviera segura de que de hecho fui a Landhower.

—¿Quién fue tu profesor favorito de Landhower?

—El Dr. Anderson, el profesor de lengua y entrenador de debate, —respondo con facilidad—. Él me enseñó a pensar por mí misma y a defender mis creencias, incluso cuando nadie estuviera de acuerdo conmigo.

—¿Y en Princeton?

—La Dra. Brown, de Sociología. Ella me enseñó a abordar problemas desde todos los ángulos.

—Ah, sí. Recibí un correo de voz de la Dra. Brown recomendándote para este puesto.

Anoche pedí ese favor. Justo después de prometerle a mi mamá que encontraría la forma de pagar la educación de Brayden.

Ella vuelve a mirar el archivo.

—Dice en tu aplicación que te admitieron a Harvard y a Yale para posgrado, pero que decidiste no ir. ¿A qué se debe?

—¿Honestamente? Mi hermano menor no consiguió la asistencia financiera que esperábamos y tengo que ayudarlo. Además, ya me aburría el estudio. Estoy lista para algo con más ritmo y desafíos, como Wall Street.

Ella levanta una ceja y me mira estudiándome, como intentara saber si digo la verdad.

La primera parte lo es. La segunda es lo que espero que quiera escuchar.

—¿Cómo lidias con los acosadores en el trabajo?

—Establezco límites claros y nunca me altero. No creo en pelear con ellos, sólo en evitarlos. Le muestro lo que considero una sonrisa pícara.

Ella no muestra nada.

—¿Cuánto es tres a la doceava potencia?

Hago un cálculo mental rápido.

—Bueno, tres a la doceava potencia se podría reducir a tres a la cuarta potencia elevado a la tercera. Así que tres a la cuarta potencia es ochenta y uno. Ochenta y uno al cubo es, eh... ochenta al cuadrado más ochenta, más ochenta y uno, lo que da... 6561. Y luego tendría que multiplicar ese número por ochenta y uno. Agh. ¿Quiere un número exacto o un estimativo?

—Continúa.

—Bien... Lo separaría en 6560 más uno por 80 más uno, así que tendría 6560 por ochenta, más 6560 más ochenta más uno. Entonces, 656 por ocho es, eh... 5248, luego agrego dos ceros y ahora sumo 6560 y 80, más 1. Obtengo, em, 531.441. —Exhalo—. Pero probablemente sólo utilizaría una calculadora. Junto las rodillas, esperando que me pida calcular el número de ventanas en Nueva York o algún problema descabellado de pensamiento crítico, pero parece satisfecha.

—Si obtienes el puesto, entiendes que empezarías mañana por la mañana, ¿correcto?

—Sí. —Asiento—. Eso me dijeron cuando me llamaron para la entrevista. Empezar mañana no es problema.

—Bien. —Se pone de pie, lo que me indica que la entrevista terminó.

—¿Me llamará para avisarme?

Ella mira rápido el teléfono.

—Para la medianoche.

—Medianoche Claro. Disponible a toda hora. Entendido.

—Seré honesta contigo; aunque la descripción del trabajo suene a que está por debajo de tu coeficiente, este es el puesto más difícil de contratar.

—¿Es un ejecutivo exigente? —Pregunto con tranquilidad.

—Muy.

Veo en ella un destello de humanidad, como si nos uniéramos sobre lo idiota que es su jefe. Me pregunto si el puesto es para el hermoso pero reconocidamente cruel Brick Blackthroat, el CEO.

Bueno, he lidiado con muchos imbéciles. Por Brayden, soportaré cualquier tipo de maltrato. Merece la misma oportunidad que tuve de tener una educación.

—Todavía no logro contratar un asistente que dura más de tres meses.

—Estoy lista para el desafío, —afirmo.

—Créeme, —se pone de pie y me da un apretón de manos ligero— no lo estás.

* * *

B*rick*

La vista desde la suite ejecutiva de Moon Co. haría que un hombre más débil, humano, se sintiera mareado. El edificio es tan alto que se balancea con el viento. Pero ese es el precio de probar el aire exótico y de tener todo Lower Manhattan a tus pies.

Aquí arriba es fácil olvidar que eres mortal. Aquí arriba es fácil olvidar sentirse como un dios.

Una sombra cae sobre el vidrio cuando Billy, mi segundo al mando, se sienta a mi lado.

—Ya casi llegamos, —dice en voz baja. Sé que se refiere al voto que hicimos hace años, en nuestro dormitorio de la universidad, el peor día de mi vida. El día en que a mi padre lo asesinaron y nuestro enemigos destruyeron todo lo que había creado.

—Ya casi, —gruño. Ambos miramos fijo al edificio que tenemos en frente. Nuestro enemigos lo alzaron para provocarnos.

—Estamos cerca. —Apoya su mano en mi hombro—. Los Aduwulfs no sabrán qué sucedió.

Volteo y me siento en la cabecera de la mesa de conferencias. Billy va hacia la puerta para abrirla y mostrar que la reunión está por comenzar. El resto del equipo ejecutivo empieza a entrar.

Y entonces me golpea. Un aroma dulce, brillante y cítrico pero complejo como la nuez moscada. Me hace agua la boca.

En la punta de la lengua tengo ganas de maldecir y reprender a alguien. Los perfumes y las colonias de cualquier tipo están prohibidas en las instalaciones. Está claro en el manual de empleados, prácticamente en la primera página. Billy disfruta mucho despedir a nuevos empleados que lo olvidan.

Pero no es perfume. Es el aroma natural de alguien. ¿Pero de quién?

Allí, junto al ascensor.

Una chica nueva.

El viernes despedí a mi secretaria, lo que significa que su asistente, Indira, subió de puesto y hay una nueva graduada universitaria emocionada por ocupar su lugar.

Una joven analiza con tranquilidad el piso superior. No es diferente de cualquier otra secretaria. Joven, profesional. Tiene el cabello en un corte bob corto, castaño oscuro y un labial bien rojo.

Pero su aroma... Pasa por mis fosas nasales y saboreo el gusto.

Nuez moscada y naranjas. Tal vez un indicio de algo exótico, como incienso.

—¿Quién es?

Billy se deja caer en su silla y se reclina, balanceándose en las patas traseras, una muestra de fuerza que ningún humano podría lograr. Cuando lo miro de mala manera, deja que la silla caiga sobre las cuatro patas con un golpe.

—¿La nueva secretaria de tu secretaria?

Estaba allí cuando despedí a la anterior el viernes. Cambio de asistentes como Billy de parejas casuales.

—Debe serlo.

—¿Quieres que la llame? —pregunta.

—Sí.

Normalmente diría que no. Normalmente no le dirigiría la palabra hasta querer algo. Pero tengo que analizar este aroma de cerca.

Billy mira a Indira y señala a la Chica Nueva. Él hace una seña de llamarla, como si lo irritara que Indira no hubiera entrado ya a presentarla. Casi tiene tanto talento como yo en hacer que los empleados se sobresalten y tiemblen de miedo.

Pero la Chica Nueva no parece tener miedo. La observo mientras sigue a Indira. Ni bien puedo olerla plenamente, quiero lamerla de pies a clítoris.

Una reacción extraña ante una humana.

Ni siquiera es agradable a la vista. Quiero decir, es linda, pero no tiene nada suave ni complaciente. Hay algo en la forma en que lleva su cuello, levanta el mentón, en cómo no se estremece cuando la miro de mala manera, que la hace parecer que lleva una medalla. Con diez años más, parecería del tipo ejecutiva poderosa. Una potencia de mujer, nacida para dominar cualquier oficina. Contrato a un par de mujeres como ella. Debes ser fuerte para ser exitoso aquí.

Ella también me analiza; de alguna forma logra parecer respetuosa y abierta, pero sin nada de miedo aunque sea su primer día aquí.

Parte de mí quiere humillarla desde el comienzo. Sobre todo porque escuché que le murmuró a Indira, «Entonces ese es el Gran Jefe Malvado» antes de que entraran. Por supuesto, no podía saber que su conversación no estaba fuera de mi campo de audición en este piso.

Entre más se acerca, más se infiltra su aroma en mis sentidos. Es demasiado agradable como para que quiera atacar. Dios, ¿se me está poniendo duro el pene?

Me pongo de pie.

—¿Eres?

—Sr. Blackthroat, ella es... —comienza a decir Indira.

—Madison Evans.

La Chica Nueva me ofrece la mano para que la estreche, diciendo su nombre al mismo tiempo que Indira. Me sostiene la mirada todo el tiempo. No es desafiante, sólo atenta. Me está analizando Quiero encontrar algo que criticar, pero no lo logro. Tiene la mezcla justa de confianza y humildad. No es demasiado arrogante, ni tímida. Hay algo demasiado atractivo acerca de su forma de ser.

Ya la detesto. Acepto su apretón de manos. Su piel es suave. Por alguna razón, mis pensamientos van al hecho de que su aroma ahora estará en mi palma. No es que vaya a volver a olerlo más tarde.

—Me dicen Madi.

—Te llamaré Madison *si* recuerdo tu nombre. Esperaré que respondas a Secretaria, Asistente, Chica Nueva o lo que sea que te grite en el momento —le suelto la mano.

Lejos de estar sorprendida, veo algo de diversión en su expresión.

—Responderé a todos esos llamados, —me asegura inclinando la cabeza.

—Bien. Ahora toma nuestras órdenes de café —muevo una ceja como si ya tuviera que haber sabido hacer esto aunque sea su primer día. A Indira le digo—, ¿dónde está los informes financieros?

* * *

Odio a mi jefe.

El magnate de Wall Street es un imbécil. Es un alfa-túpido de primera clase.

Demasiado apuesto, pero horriblemente fallado.

El tipo de hombre que nunca puedes satisfacer ni con una navaja

ni todo el poder ni el dinero del mundo.

Fui a la escuela con cretinos como él, así que no tengo miedo.

Lo que me asusta es mi atracción por el tipo. Lo mucho que disfruto pelear con él.

Las humillaciones verbales. Su expresión inescrutable luego.

Él es peligro revestido de poder

y se está haciendo más y más difícil de resistir.

Odio a mi nueva asistente.

Las he odiado a todas, pero este es otro tipo de odio. Uno tortuoso.

Ella es realmente inteligente, capaz y responde.

Y la pequeña humana huele a tentación. Del peor tipo.

Se viste para matar y estoy en peligro de muerte.

Uno de estos días, me llevará al límite.

Y no está para nada lista para lo que sucede

cuando le sacas la correa a un lobo alfa en su cantera.

Medianoche es el libro uno de la trilogía *Gran Jefe Malvado*. El protagonista es un jefe cretino millonario y su asistente realmente brillante.

<u>Un gran jefe malvado: Medianoche</u>

Otros Libros de Renee Rose

Vegas Clandestina

Rey de diamantes

Padre de la mafia

Sota de picas

As de corazones

El comodín del Loco

Su reina de tréboles

La mano del muerto

El comodín

Rancho Wolf

Áspero

Salvaje

Feroz

Rudo

Indomable

Implacable

Dos Marcas

Rebelde - GRATIS

Tentada

Deseada

Seducida

Alfas peligrosos

La tentación del alfa

El peligro del alfa

El premio del alfa

El reto del alfa

La obsesión del alfa

El deseo del alfa

La Guerra del alfa

La Misión del alfa

El tormento del alfa

El secreto de alfa

La presa del alfa

La sangre del alfa

El sol del alfa

La luna del alfa

El juramento del alfa

La venganza del alfa

El fuego del alfa

El rescate del alfa

La orden del alfa

Hombres lobo de Wall Street

Un Gran Jefe Malvado: Medianoche

Un Gran Jefe Malvado: Lunático

Un Gran Jefe Malvado: Marcada

Un Gran Jefe Malvado: Su pareja

Alfa de Montaña

Héroe

Rebelde

Guerrero

Osos malvados

El reclamo del alfa

Otros libros de Lee Savino

Saga Guerreros Berserker

Vendida a los Berserker

Emparejada con los Berserker

Raptada por los Berserker

Entregada a los Berserker

Reclamada a los Berserker

Alfas Peligrosos

La tentación del alfa

El peligro del alfa

El premio del alfa

El reto del alfa

La obsesión del alfa

El deseo del alfa

La Guerra del alfa

La Misión del alfa

El tormento del alfa

El secreto de alfa

La presa del alfa

La sangre del alfa

El sol del alfa

La luna del alfa

El juramento del alfa

La venganza del alfa

La virgen y el vampiro

Acerca de Renee Rose

¡RENEE ROSE ES DE LAS MEJOR VENDIDAS EN USA TODAY y le gusta un héroe alfa dominante y que hable sucio! Ha vendido más de medio millón de copias de romances apasionados con diferentes niveles de fetiches. Sus libros han aparecido en *Happily Ever After* de USA Today y en *Popsugar*. Nombrada como la Próxima mejor autora erótica de Eroticon USA en 2013, también ha ganado el título de Autora favorita de ciencia ficción y antologías de *Spunky and Sassy,* el Mejor romance histórico de *The Romance Reviews,* y ha llegado a la lista de USA Today diez veces con sus series de Alfas peligrosos, La Bratva de Chicago y Rancho de lobos.

¡A Renee le encanta conectarse con sus lectores!
www.reneeroseromance.com
reneeroseauthor@gmail.com

**Suscríbete a mi newsletter para recibir contenido especialmente bonificado y noticias de nuevos lanzamientos en Español.
https://www.subscribepage.com/reneerose_es

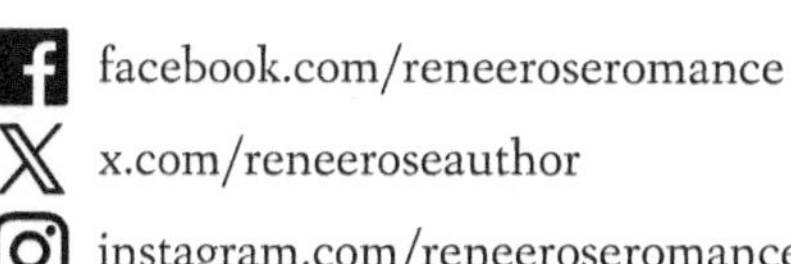

facebook.com/reneeroseromance
x.com/reneeroseauthor
instagram.com/reneeroseromance

Acerca de Lee Savino

Lee Savino es una de las autoras más vendidas de USA Today, autora, mamá y adicta al chocolate.

Advertencia: No leas su serie Berserker o te volverás adicto a sus guerreros enormes y dominantes que no se detendrán ante nada para reclamar a sus parejas.

Repito: No. Leas. Su. Saga Berserker.

Descarga un libro gratuito de Lee Savino de www.leesa vino.com (tampoco lo leas. Demasiado amor ardiente y sensual).

Puedes conectar con ella en su sitio web, su grupo de lectores, y sus redes sociales.